囚《とら》われの一角獣《ユニコーン》

英国妖異譚3

篠原美季

white heart

講談社X文庫

目次

「囚われの一角獣《ユニコーン》」キャラクター紹介

シモン・ド・ベルジュ（16）
フランスの伯爵家《はくしゃくけ》の貴公子。ユウリの守護者。
コリン・アシュレイ（17）
怪しい噂《うわさ》の絶えないオカルト好きの〝魔術師〟。
ユウリ（悠里）・フォーダム（16）
在《あ》らざるものが見える〝東洋の真珠〟。

ゴードン
ベルジュ家の別荘の執事。
ショーン・シンクレア
キリスト教史を得意とする史学者。
サントス
ウェルダンの執事。
ビリー・ウェルダン
古城を買い取ったアメリカ人。

イラストレーション／かわい千草《ちぐさ》

囚《とら》われの一角獣《ユニコーン》

英国妖異譚《えいこくよういたん》3

序章

暗黒と呼ばれる中世――。

教皇権の拡大とともにキリスト教が急速に浸透していったフランス。

ピレネー山脈を遠望する渓谷のそばに、周囲を圧するように山頂に建てられた城があった。ローマ時代の城砦《じょうさい》の上に石を積んで造った要塞《ようさい》のような城。南北に配された大小二つの四角い塔が、昼の白い月がかかるうら霞《がすみ》の空の下に屹立《きつりつ》していた。

その北に位置する塔では、一人の女がやつれた顔に疲労の色を濃くして、狭い室内をゆっくり歩いている。

ジャラ。

ジャラ、と。

女が動くたびに、重い鎖の音がする。

四方を石の壁に囲まれた暗くて湿っぽい部屋に、鈍い鋼鉄の音が陰鬱《いんうつ》に響く。粗末な木枠のベッドとブリキの食器が無造作に置かれた小さいテーブルのほかには、これといった家具もない。そのひどく殺伐とした部屋は、陽《ひ》の当たらないわびしさと相まって、まるで牢獄《ろうごく》のようだ。

　石畳の床をこするように歩いていた女は、黒い豊かな巻き毛を乱暴にかきあげていまいましそうに舌打ちした。

（ここは暗すぎる）

　怒りのこもった瞳《ひとみ》を周囲に投げかけ、考える。

（暗くて、寒い）

　頑強な要塞《ようさい》として知られるこの城の内部には、恵み深き太陽の光が届きにくい。村で働く娘には、それが何より不安といらだちをかきたてるのだ。

（いつまでこんなところに閉じ込めておく気なのだろう）

　たどり着いたベッドに浅く腰をおろし、彼女は深いため息をつく。その時、わずかに持ち上がったドレスの裾《すそ》から、黒光りする足枷《あしかせ》が見えた。

　この囚《とら》われの女の名前は、サラ。麓《ふもと》の村で働く農夫の娘で、その類稀《たぐいまれ》なる美貌《びぼう》は近在の村々にまで知れ渡っている。

　奔放に伸ばした黒い巻き毛。生き生きと活力のある瞳。陽に焼けた肌はみずみずしい若さではちきれんばかりで、〈豊穣《ほうじょう》の女神の娘〉とあだ名され人々に愛されているのもよくわかる。サラに微笑《ほほえ》みかけられた男たちは、女神を祝福して大地に接吻《せっぷん》するという。

そのサラが幼馴染《おさなな じ》みの青年と愛し合い、晴れて結ばれることとなった。悔しがる男たちは数多くいたが、それでも皆が二人を祝福した。女たちは花輪を作り、男たちは木を切り出して新しい家を建てた。

そうして村をあげての婚礼の日が、徐々に近づいていた。

そんなある日、サラのところに山頂にある領主の城から使いが来た。

表向きは、花嫁を祝福するために城へ招待するという。しかしその言葉が本当に意味するところは、誰にとっても明白だった。

人々は窺《うかが》うように互いの顔を見回すが、その実、誰も人と目を合わせようとしない。気まずそうに視線を落とすだけである。

それは、祭りの華やいだ気分が一気にしぼんだ瞬間だった。

この時代、領主に与えられた特権の一つに、「初夜権」というのがある。文字どおり、結婚する娘の初夜を領主がものにするという、不道徳このうえない権力の行使であるが、本当に実行されることは少なく、大抵の場合、初夜権料のようなものを領主に支払うことですませていた。

ところが、〈豊穣《ほうじょう》の女神の娘〉、美しきサラの噂《うわさ》を耳にした領主は、淫蕩《いんとう》な欲求を刺激され、もともとそれほど清廉とは言いがたい性質のせいもあってか、実際にその権利を行使する気になったのだ。そして、領主の決定に逆らえる人間は、この時代にいるはずもない。当のサラですら、たった一つ諦《あきら》めのため息をついただけで領主の命に従った。

しかし、サラの悲劇はそこが始まりだったのだ。

(あの忌《い》まわしい日から、もう一週間は経《た》った)

ただ一夜、辛抱《しんぼう》すれば、すべてが終わると思っていた。

翌日には家に戻り、村の人々の変わらぬ笑顔の中で、再び幸福な日へ向かっての準備が始まるはずだった。

(それなのに)

サラは、絶望したように黒い巻き毛に両手を突っ込んで、下を向いた。

(何故《なぜ》自分は未《いま》だにこんな狭く暗い場所に閉じ込められているのだろう)

そこまで考えた時、ガタガタと窓辺で音がして、部屋に一つしかない窓に梯子《はしご》の先がかけられるのが見えた。

ほかからはまったく孤立して建てられたこの北側の塔は、地上から五メートル以上ある位置に開けられたたった一つの窓のほかに出入り口はない。戦争の際、敵に包囲された時に立てこもる場所として、あらかじめそう設計されているのである。サラが今いる場所は、ゆえに塔の上部にあたる部屋であり、床に設けられた扉の下には、排泄物《はいせつぶつ》を落とす暗いじめじめした空間が広がっている。

ほどなくして、すでに見慣れた男が窓から姿を現した。サラを拘束している張本人、この地方を治める領主、ボウワー伯爵である。

サラは、自分に対する不当な扱いをさっぴいても、この領主のことがあまり好きになれない。勇猛な騎士として名を馳《は》せたボウワーは、がっしりとした体軀《たいく》に赤銅色《しゃくどういろ》の肌をした見た目には立派な人物である。五十年配とも思えぬ精力的な様子は、支配者としての資質を十分にそなえている。けれど、彼の瞳《ひとみ》を見た瞬間、サラはあまりの嫌悪《けんお》に身の毛がよだった。灰褐色の濁った瞳は残忍で淫蕩《いんとう》な獣性を潜ませ、振る舞いの端々に見られる野蛮さに合致している。実際、彼が戦場において恐れられたのも、立派な戦いぶりというよりは、残虐を極める彼の殺戮行為《さつりくこうい》にあったといえる。

そうはいっても身についた習慣から、サラはおざなりながらも、このおぞましい領主に対しスカートの裾《すそ》を軽く上げて挨拶《あいさつ》をした。

「ごきげんよう、領主様」

しかし領主は、挨拶に応じるでもなく窓のところに黙って立っている。そのかたわらでは、甲冑《かっちゅう》を身につけた屈強な兵士が木桶《きおけ》を脇《わき》に抱えて直立不動の姿勢をとる。別に付き従ってきた従者は、スープとパンがのったお盆をテーブルの上に置くとそそくさと梯子《はしご》を下りていった。それをぼんやり目で追いかけていたサラが、意を決したように領主に向き直った。

「領主様。今日こそ、私を村へ帰してくださいますよね？」

　すると、外を眺めていた領主が、ゆっくりと振り返った。口元に浮かぶ残忍な笑い。

「何故《なぜ》だ？」

　サラは、びっくりして目を見開く。

「お忘れですか？　明日は私の結婚式です」

「結婚式！」

　まるでひどく異なことを聞いたとでもいうように、ボウワーはわざとらしく言った。先刻から口元を彩《いろど》る嫌な笑いはなんであるのか。

「結婚式……」

　もう一度呟《つぶや》いて、ボウワーは窓から村のほうを眺めた。やがて口元から笑みを消し、やけにまじめくさった声になって言った。

「残念だが、明日の結婚式は取りやめだろう」

「えっ？」

　訳がわからず、呟くように「何故……」と言ったサラを、振り向いたボウワーが目を細めて眺めた。

「理由を聞きたいか？」

　酷薄そうな瞳《ひとみ》が喜色に輝くのを見て、サラはなんとなく聞いてはいけない気持ちになる。しかし、聞かせたがっている領主の意図に押され、操り人形のように頷《うなず》いていた。

「何故《なぜ》なら、教会が鳴らすのは祝いの鐘ではないからだ」

領主は言いながら、片手をあげて横に控えていた兵士に合図する。

それを受けた兵士は、一瞬の躊躇《ためら》いの後、腕に抱え込んでいた木桶《きおけ》を乱暴な仕草で引っくり返した。

空を切り、サラの足元にごろんと転がったもの――――。

血糊《ちのり》で汚れた金の髪。

血色を失い青黒くなった肌の色。

恐怖に見開かれた瞳《ひとみ》。

それは、サラの最愛の恋人であるジョルジュの、無残に変わり果てた首だった。

「ご覧のとおり、明日教会が鳴らすのは弔《とむら》いの鐘だ」

淡々と、ボウワーが告げた。

「イヤアアアアアアアアアアアアアアアアアアッッ！」

両手を耳に当てたサラの口から、魂を裂くような絶叫がほとばしる。

「ジョルジュ、ジョルジュ、どうして、こんな――――？」

首に手を伸ばしては恐れたように引っ込めて、サラが混乱もあらわに問う。

「どうして、こんな酷《ひど》いことを――――？」

「どうしてかな」

サラの取り乱した様子をじっとりと絡《から》みつくような視線で見つめながら、領主が楽しそうに言った。

「お前が処女ではなかった。村では今頃そういう評判が立っている」

「えっ？」

領主の口から漏れたあまりにも意外な言葉に、サラは自分の耳を疑った。

「な、に……？」

「お前が、処女では、なかったと。そう私が村人に公言した」

事態が呑《の》み込《こ》めずにいるサラに、領主は嚙《か》んで含めるように言い直す。

相手の言っていることを理解したとたん、蒼白《そうはく》だったサラの顔にさっと朱が広がった。

屈辱が怒りとなって爆発する。

「なんということを！　なんという破廉恥な嘘《うそ》を！　私は、私は――――！」

あまりの怒りに、サラは言葉を続けることができなかった。

「何を言っても無駄だぞ。お前が純潔かどうかなど、いったい誰にわかるというんだ。処女に懐《なつ》くという伝説の一角獣《ユニコーン》でもいれば、別だがね」

言って、ボウワーは高らかに笑った。

「この男には、責任を負わせて首をはねさせただけのことよ。両親も、監督不行き届きで所払いにしたからな。今頃は森の中でもさ迷っているだろう。これでお前の帰る場所はなくなったのだ、サラよ」

サラは、絶句する。相手の執着心が、どす黒い霧となって自分を覆うような錯覚を覚えた。ぞっとして身を震わせたサラに、ボウワーはなおも言う。

「お前が悪いのだぞ。妾《めかけ》として城にとどまるのを拒んだりしなければよかったのだ。お前を手放したくはない。〈豊穣《ほうじょう》の女神の娘〉、サラ。お前のその肉体は俺を溺《おぼ》れさせる」

好色そうに口元をゆがめる男に、人を殺《あや》めたという後ろめたさは、微塵《みじん》も感じられない。

サラは、視線を床に落とした。

震える指先を伸ばし、亡《な》き男の残骸《ざんがい》を愛《いと》しげに撫《な》でる。髪に触れ、肌に移り、その凍るような冷たさにぎょっとする。熱っぽく愛を囁《ささや》いた唇も、今は固く閉ざされて何も語らない。

ふいに純然たる死を認識したサラの口から、憎しみの言葉が溢《あふ》れ出《だ》した。

「……殺してやる」

一度宣言した呪《のろ》いの言葉は、とどまることを知らず溢れ出てくる。

「あんたなんか殺してやる。たとえこの身体《からだ》が地獄の業火《ごうか》に焼かれても、復讐《ふくしゅう》の女神の血の祭壇にあんたの首をのせるまでは、絶対に生き延びてやる」

抱え上げた首を懐《ふところ》深《ふか》く抱きしめて、血走った瞳《ひとみ》できっと相手を睨《にら》みつける。

「覚えておいで」

相手の豹変《ひょうへん》に驚いて目を見開くボウワーの前で、サラは首を片手に立ち上がった。

ジャラリ、と。

鎖が重い音をたてる。

ジャラリ、ジャラリ、と一歩ごとに不吉な音を響かせながら、サラは貪欲《どんよく》で無慈悲な支配者に近づいていく。

爛々《らんらん》と光る目。

振り乱された髪。

やがて領主の目の前に立ったサラは、憤《いきどお》りの炎をあげながら血を吐く勢いで叫んでいた。

「月夜の狩人《かりゅうど》にして処女の守護神。夜の支配者である月の女神ディアナに願う。この男とこの男の子孫、そしてこの呪《のろ》われた城に入る処女を汚《けが》す者すべてに、罪なき人間に課せられたのと同じ苦しみが訪れんことを――――！」

その悲痛な呪詛《じゅそ》の声は、北の塔の窓から吹き荒れた風に乗り、鬱蒼《うっそう》と茂る森や赤褐色の山肌を越え、遠くピレネー山脈にまで響いていった。

第一章　セーヌの流れ

1

「ご搭乗の皆様にお知らせします。当機はあと十分ほどでパリ、シャルル・ド・ゴール空港に着陸いたします」

なめらかな日本語でアナウンスが入ると、前後左右からいっせいにバタバタと座席を戻す音が聞こえてくる。

手にした文庫本に夢中になっていたユウリ・フォーダムは、顔をあげてようやく自分がどこにいるかを思い出す。耳元で小さくクラシックが流れていたチャンネルは、すでにあじけない電波の音に変わっていた。イヤホンをはずし丸めて前のポケットに突っ込んでから、座席を戻しシートベルトを締める。

とたん、嬉《うれ》しさがこみ上げてきた。

八月半ば。

母方の実家がある日本で両親とともに夏休みの前半を過ごしたユウリは、学友であるシモン・ド・ベルジュと残りの休日を過ごすため、フランスに向かう飛行機の中にいる。イギリスのサマーセットシャーにある全寮制パブリックスクール、セント・ラファエロで九月から第四学年下級《ロウアーシックスフォーム》に進級するユウリとシモンは、休みの後半をフランス貴族の後裔《こうえい》であるシモンの実家で過ごすという約束を取り交わした。その後のメールで、シモンのほうから南フランスにある別荘で過ごそうと言ってきたので、ユウリは早々にガイドブックや地誌の類《たぐい》を探し出して何冊かカバンの中に入れてきたのだ。

離陸直後からガイドブックを開いて、食べてみたいものや見てみたい場所をチェックした後、一冊紛れこませておいたフランスの伝奇・説話集を読み始めたら、いつしか寝る間もなく没頭していたようだ。鍵《かぎ》つき指輪をめぐる二人の姫君の騙《だま》し合《あ》いや初夜権を行使して村娘の呪《のろ》いを受けた領主など、中世の暗い城や森の中での残虐な行為や浮かばれぬ亡霊たちがたくさん出てくる話は、同じ残酷さでもきらびやかな妖精《ようせい》が登場しがちなイギリスの民話よりはるかに陰惨な印象を受けるものが多かった。

それでも怖い話にはついつい目がいってしまうのが、人間の性《さが》であろう。ユウリといえども例外ではなく、すっかりのめりこんでいるうちに約十二時間という日本からの飛行時間はあっという間に過ぎてしまった。

軽い浮遊感を得た後、機体は比較的穏やかに着陸した。

降り立ったシャルル・ド・ゴール空港は、とにかく広い。昼の陽光にあふれた鉄筋の造りは、全体的に白いイメージで統一されモダンな印象を受けたが、第一ターミナルと第二ターミナルの距離が歩いていけないほど開いていると知り、トランジットでは使いたくないなと、不精なことを考える。

バゲージ・クレームで荷物を受け取って出口に向かうと、空港の扉を抜けてすぐのところで、「ユウリ」と柔らかく響くシモンの声に呼ばれた。

もっともそれ以前に、ユウリのほうでもシモンの姿は目に入っていた。

なんといっても、目立つ。

陽《ひ》の光に白く輝く髪。鼻筋の通った顔に濃い色のサングラス。すっとした立ち姿に鮮やかなトルコブルーのサマーセーターがよく似合っている。極めてシンプルな服装をしているだけに、同じフランス人の中でもシモンの端麗さは群を抜いているのだと、ユウリは改めて感心する。

「やあ《サリュ》、ユウリ。元気だったかい《コマン・ヴァテュ》？」

近づいたとたん、シモンの口からいきなり飛び出してきた軽やかなフランス語に、ユウリは、一瞬焦《あせ》る。握手の手で引き寄せられて頬《ほお》にキスされる間、「あ、えっとお」と、こちらもすっかり馴染《なじ》んでいた日本語で呟《つぶや》く。差し出された頬にぎこちないキスを返す頃に

は、なんとかそれらしい返事にたどり着いた。

「うん、シモンは《トレ・ビャン・エ・トワ》？」

「元気だよ《トレ・ビャン》」

　フランス式の挨拶《あいさつ》に戸惑っているユウリの手からひょいとスーツケースを奪い取って、シモンはゆうゆうと先に立って歩き出す。

「こっちだよ、ユウリ。そんな心細げな顔をしなくても、フランス語でしか話さないなんて意地の悪いことは言わないから、安心するんだね」

　からかい気味の相手の言葉に、ユウリは心底ホッとする。イギリス人である父親の仕事の都合で、小学生の途中まで日本にいたユウリである。生まれ育った国の言葉に馴染《なじ》むには一週間もあればいいが、逆となると結構時間がかかるものだ。ましてフランス語は習いだしてまだ一年しか経《た》っていない。

「頼むよ、シモン。それでなくてもすっかり英語から離れてしまって、今から新学期が憂《ゆう》鬱《うつ》なくらいなんだから」

　黒絹のような前髪をかきあげて気弱な台詞《せりふ》を吐くユウリをちらりと見おろして、シモンは小さく笑った。

「それは、僕も同じだよ。まあ、とりあえずまだ夏休みなんだから、二人で楽しみながら英語に馴染んでいけばいい」

そう言われたものの、これから向かうベルジュ家の本宅ではなかなかそういうわけにもいかないだろうと思い、ユウリはちょっと不安になった。

そんなユウリの気持ちをよそに、二人を乗せたロールスロイスは、なめらかな走りで空港を後にする。

「ユウリ、もしかして飛行機の中で眠れなかったのかい？」

幾度目かの欠伸《あくび》を漏らしたユウリは、シモンの言葉に慌てて口元を引き締めた。

「別に眠れなかったわけじゃないよ」

「そう？」

まったく信じていない様子のシモンに、ユウリはばつが悪そうに首をすくめた。

「ごめん。フランスの本を読んでいたら眠るのを忘れてしまって……」

先のことも考えず、本を読《よ》み耽《ふけ》っていたのはまずかった。久しぶりに会った友人が目の前で欠伸ばかりしていたら、いくらシモンでもいい気がしないだろう。こういうのを考えなしというのだと、ユウリは深く反省する。

しかしシモンは、さほど気分を害したふうもなく、「ユウリらしい」と笑ってから、時計を見おろす。

「そうだな、着くまでに二時間近くかかると思うから、少し眠っていくといいよ」

そう言われると、次第に瞼《まぶた》が重くなってくるから不思議だ。冷房を抑えた静かな車内で身体《からだ》の力を抜くと、かすかに伝わるエンジンの振動のせいもあってか、ユウリの中で急速に移動の疲れが押し寄せてくる。夢うつつのまま心地よい倦怠感《けんたいかん》に身を任せていると、大空の下、窓外に広がるうねうねと続く田園風景の彼方《かなた》に、尖塔《せんとう》や鉄塔の影を持つフランスの首都の姿が浮かび上がってきた。

落ち着いた石積みの建物が続くパリの街並みは、夏の太陽の下にあっても決してだれることなく、むしろどこか冷たく整然としている。内包する華やかさも何もすべて、この街はシモンという人間が住む国の首都に相応《ふさわ》しい。市内に入り、車窓を流れるセーヌ河畔の景色を見ながら、ユウリはそんなことを思う。

その間にも、迎えのロールスロイスはパリを抜けて郊外に出た。

イル・ド・フランスと呼ばれるパリ近郊を通り、車はさらに南下してロアール河岸の沿道を行く。フランス北西部を流れる広大なロアール川は、夏の暑い日差しに水面を輝かせて悠然と横たわっている。千に近い城が点在するこの地方は、この季節、両岸を覆う緑が目に鮮やかで、訪れる観光客の目を楽しませてくれる。

昼下がりの眩《まぶ》しい景色に目を細めていたユウリは、到着前のほんの一時、深い眠りに陥っていたようだ。

「……リ」

「……ウリ」

自分の名前を呼ぶ柔らかい響きの声が聞こえ、ついで軽く身体《からだ》を揺すぶられた。

「ん……」

重いまぶたをあげるのがおっくうで、とりあえず声のするほうに顔だけ向ける。その頬《ほお》を優しく叩《たた》かれて、今度ははっきりシモンの声を聞き分ける。

「ユウリ、着いたよ」

言葉の意味を理解したユウリは、がばりと跳ね起きてキョロキョロと周囲を見回す。すると窓枠に肘《ひじ》をついたシモンが、水色の瞳《ひとみ》で楽しそうに見ていた。

「なかなか寝つかないと思ったら、突如、死んだように眠ってしまったからびっくりしたよ。でも、少しは元気になったみたいだね」

跳ね起きた勢いを揶揄《やゆ》するように、シモンが言う。

「うん、そうかも。ありがとう」

弛緩《しかん》してだらしなくなった顔を叩きながら、ユウリは礼を言って外を見た。その顔が驚愕《きょうがく》に固まる。

そこには、目を見張るような立派なお城が建っていた。

ロアール流域にあるベルジュ家の本宅は、草木の繊細な装飾を施した鉄扉から太い列柱に支えられた堂々たる正面玄関まで車で十分ほど要する広大な城である。ゴシック様式とルネッサンス様式が折衷した豪壮で優雅な白亜の建物は、青い円屋根も含め、まるでおとぎ話に出てきそうな美しさだ。

「すごい……」

そんな単純な感想しか漏らせず玄関に向かったユウリは、そこで大勢の使用人の出迎えを受けて、たじろぐ。

すると横からシモンの柔らかいながらも命令口調のフランス語が響いた。

「彼の案内は僕がするので、皆はさがってくれないか？」

その一言で、さっと使用人たちが散っていく。シモンがユウリに視線を移して小さく肩をすくめた。

「悪かったね、ユウリ。びっくりしただろう？」

「うん、ちょっとね。でも、すごいな。いつもこんなふうに出迎えてくれるの？」

「まさか」

ユウリの無邪気な質問に、シモンは笑う。それから、「まったくね」と呟《つぶや》いて、人目のなくなったホールを見渡した。

「普段はもっとわきまえているのだけど、今日はみんなどうかしている」

とたん、それに応じるように明るい声のフランス語が響く。

「そりゃ、兄さんのせいじゃない？」

ユウリとシモンは、同時に声のしたほうを振り返った。ただし、そこに人がいたことに驚いたユウリに対し、シモンはそこにいた人物に対して驚いたようだ。吹き抜けになった二階の手すりからこちらを見おろしている青年に向かって、意外そうに話しかける。

「アンリじゃないか。珍しいな、お前が家にいるなんて」

「まあね。僕も事の成り行きには、興味があったから。なんたって未来の花婿候補、――」

「アンリ！」

言われかけた言葉を鋭く制して、シモンはちらりとユウリを見おろした。幸い早口のフランス語を、ユウリは聞き逃したらしい。ホッとしながら、手でアンリを招く。

ユウリはといえば、なめらかなフランス語で交わされる会話を半分聞き流しながら、不思議そうにアンリと呼ばれた青年と隣に立つ友人を見比べていた。黒褐色の髪に同系色の鋭い目をしたアンリは、顔立ちを見るかぎり、シモンとは似ても似つかない。けれど間に流れる空気には、身内の親しさがこめられている。

手招きされて階段をすべるように駆け下りてきたアンリに、シモンが簡潔にユウリを紹介した。

「紹介するよ、ユウリ。彼は僕の弟で、アンリ」

（弟？）

シモンの言葉に、ユウリはちょっと違和感を持った。弟というからにはユウリより年下なのだろうが、とてもそうは見えなかった。身長や体格の問題ではなく、漂う雰囲気がどこか世慣れて大人っぽいのだ。さすが、「シモンの弟」としか言いようがない。

「アンリ、ユウリ・フォーダムだよ《イル・サペール・ユウリ・フォーダム》」

シモンがアンリに向かって言うと、アンリが嬉《うれ》しそうに手を差し出してくる。

「こんにちは《ボン・ジュール》、ユウリ」

「やあ《ボン・ジュール》、アンリ。はじめまして《アンシャンテ》」

「こちらこそ《セ・モア》、会えて嬉しいよ《トレ・ズルー》」

全体的に野性味のある鋭さを持った青年だが、笑うと意外に優しい。ただ、近くで見た彼の目がユウリは気になった。何かを求めてやまない瞳《ひとみ》の輝きは、どこか彼方《かなた》を求めて飢えた渇きを宿している。

煙《けむ》るような黒い瞳でじっと見上げてくるユウリに、アンリが何か言おうと口を開きかけた時、二人の間をシモンが遮った。

「アンリ、悪いけど、話は後にして誰かにユウリの荷物を部屋まで運ばせてくれないか」

牽制《けんせい》されたアンリは、シモンとよく似た動作で肩をすくめ、「了解《ダ・コール》」と応じてから不思議そうに訊《き》く。

「それで、兄さんたちはどこへ？」

「大回廊を回って、部屋に案内する。そのほうが建物の造りが説明できて、便利だから」

簡潔に説明し、「じゃあ、また夕食で」と言って歩き出したシモン。促されて動いたユウリの背後で、「大回廊か……」と、何か気になることでもあるように反芻《はんすう》するアンリの声が聞こえた。

「よかったの？」

ユウリが言うと、シモンは「話し出すと長くなるからね。気にしなくていいよ」と、こちらはあっさりしたものである。

屋敷の東側を貫く広くて長い廊下には、ベルジュ家のコレクションが飾られていた。調和のとれた間合いでオールドマスターや印象派の絵、景徳鎮《けいとくちん》の壺《つぼ》やラリックのガラス工芸品が並び、ここが美術館だといわれてもなんら違和感のない空間を作り出している。

選びぬかれた見事な展示品を一つ一つ感心しながら見て歩いていたユウリは、とある場所に来てふっと歩みを止めた。数々のコレクションに交じり、廊下のちょうど真ん中辺りの壁面を使って一枚の大きなタピストリーが飾ってある。

ユウリがそのゴブラン織の立派なタピストリーを言葉もなく見上げていると、後ろを悠然とついて歩いていたシモンが、横に並んでユウリを見おろした。

「複製品《レプリカ》だよ。本物《オリジナル》はニューヨークにある」

「レプリカ？」

ユウリは、信じられない言葉を聞いた気がして、隣に立つ友人に視線を移す。

「そう。僕が織物業者に注文して作らせたんだ」

シモンは、片手をポケットに突っ込んだまま、じっとタピストリーを見つめている。その澄んだ水色の瞳《ひとみ》に浮かぶのは、憧憬《どうけい》だろうか。本物以外を手にするとは思えないシモンをここまで動かすものに対して、ユウリは少なからず興味を覚える。

それは、一角獣《ユニコーン》のタピストリーだった。

深い紺色の地に鮮やかな花々が散り、その中心に鎖に繋《つな》がれた手負いのユニコーンが泰然と座っている。ニューヨークにあるメトロポリタン美術館の別館クロイスターズに所蔵されている中世のタピストリーを忠実に模したというレプリカは、見る者を引き付けてやまない美しいタピストリーである。

オリジナルは、二十世紀になってアメリカの石油王ロックフェラーに買い取られるまでは、南西フランスの城にあったらしい。説明するシモンは、ちょっと悔しそうだった。

「まったく信じられない話だよ。これほどの逸品をみすみす外国人の手に渡してしまうなんて……」

おそらく自分が生まれていれば、落札することも可能であったという思いがあるのだろう。美術館に落ち着いてしまったからには、シモンが本物を手にすることはまずない。

「もっとも」と、シモンが客観的な感想を付け足す。

「クロイスターズの本物はぞんざいに扱われた時期もあって傷みが激しいので、色彩的な美しさという点ではこちらの複製のほうが格段上だから」

話を聞きながら、ユウリは鎖に繋《つな》がれた一角獣《ユニコーン》を見つめた。さっきから何か摑《つか》めそうで摑めない、おぼろな影のようなものを意識する。

シモンが続けた。

「さっきも言ったように、これはニューヨークのクロイスターズにある連作タピストリーの一枚をコピーしたもので、元は七枚で一つの物語を描いている。『一角獣狩り』と題された一連のタピストリーは、それ自体は一角獣を捕獲する話にすぎず、むしろこの最後の一枚がなければ、これほど有名にはならなかったかもしれない」

「一角獣狩り……」

狩りという言葉にはあまりいい印象がないと、ユウリは思う。狩られるほうはたまったものではないだろう。そんなことを考えながら、シモンの説明を聞く。

「七枚のうち一枚だけ独立した構成のこのタピストリーは、六枚目で槍《やり》に射貫《いぬ》かれて捕獲された一角獣が、こうして再びクローズアップされていることから、『復活』をテーマにしていると言う人もいるくらいだ」

「槍に射貫かれて復活って……、まるでキリストみたいだね」

「そう。ヨーロッパは、ローマ・カトリックが盛んだったからね。キリストをテーマにした美術品には事欠かない。ことに一角獣のモチーフは、中世からルネッサンスを通じて人気が高かった。一角獣《ユニコーン》を紋章にしたシラーの有名な言葉があるのだけど、曰《いわ》く、姿のないものこそ、永遠なれってね」

ユウリは改めて一角獣を見直した。

確かに、身体《からだ》から血を流しながら柵《さく》に繋《つな》がれているというのに、一角獣はどこか悠然として物憂《ものう》げだ。本来なら同情されるはずの一角獣に、見ているこちらが憐《あわ》れまれているように錯覚するほど、絵の中の孤高は高貴で侵しがたい。

「……似ているよね」

ポツリと漏らしたシモンの一言に、ユウリは我に返って隣を振り仰ぐ。

「似ているって、何が？」

「君が――」

短く言って、シモンは黙った。窓から差し込む午後の陽《ひ》に、髪が白く輝いている。光を通して透明さを増した水色の瞳《ひとみ》が、物思わしげにユウリを見つめる。

「僕がって、まさかこれに？」

ユウリが指差す先には、純白の一角獣が我関せずという表情で座っている。頷《うなず》いたシモンが、前髪をかきあげて眩《まぶ》しそうに目を細めた。

「初めてユウリに会った時、前にどこかで会ったような錯覚を覚えたのだけど、それがどこからくる既視感《デジャ・ビュ》なのかわからなかった。それがこの前久しぶりにこの家に戻った時、ようやく気がついたのだよ。これだってね」

　ユウリは戸惑ったようにタピストリーとシモンを見比べていたが、やがて苦笑を浮かべて黒髪をかいた。

「ありがとうと言うべきなのかな。でも単純に顔が似ているというのでないなら、ちょっと買いかぶりだと思う。残念だけど、僕はこれほど孤高でもなければ気高くもないし、犠牲的な精神も持ち合わせてないから」

「そうだといいけど……」

　どこか憂《うれ》えげに言ってから、シモンが気分を変えるように踵《きびす》を返した。

「さあ、そろそろ部屋に案内するよ。うかうかしていると、夕食に間に合わなくなってしまう」

　笑顔に戻って手を引くシモンに引っぱられながら、ユウリはちょっと考え込む。

　シモンの持つ懸念《けねん》はなんなのだろう。ユウリは、最近そのことが気になってしようがなかった。夏休み直前に行われたセント・ラファエロにおける代表たちの総長選挙に関連してシモンの寮長辞退が取りざたされた時から、ユウリの中に浮上してきた疑問である。

　みんなが言うように、頼りないとか危なっかしいという理由だけとも思われない、何か恐れにも似た感情がシモンの中にあるように思えてならないのだが、はっきりとした形で見えないのだ。

そこにコリン・アシュレイという厄介な男がいるせいで、よけい感情が読みにくくなっているせいもある。それがユウリにはじれったく思えた。

ユウリたちより一つ年上のこのアシュレイという男、セント・ラファエロにおいて「魔術師」の異名を持つオカルト好きの奇人だが、ユウリの霊能力に目をつけたらしく、事あるごとにユウリに絡《から》んでくるようになった。それを快く思っていないシモンが彼の企てを邪魔するものだから、最近ではシモンに対する攻勢を激しくしている。

そんなわけで、学内ではシモンの気が休まる時がないのが現状である。だから、アシュレイのいないこの休みの間に、少しでもシモンの心が見えたらいいとひそかにユウリは願っていた。その最初の兆《きざ》しが現れた気がして、ユウリは真剣に考えるつもりでいたのだ。

この家の賑《にぎ》やかな双子《ふたご》の姉妹が現れるまでは――。

2

ベルジュ家の贅《ぜい》を尽くした夕食の席を辞し、ユウリにあてがわれた部屋に戻ったところで、シモンがユウリの頭をポンっと叩《たた》く。

「疲れただろう？」

「そんなことないよ」

言ってから、ユウリはクスリと笑った。部屋に備え付けてある冷蔵庫に向かいかけたシモンだったが、それを聞き逃さず、振り返る。

「なんだい？」

「いや。だって、シモンってば、いつにも増して、気を遣《つか》ってくれるから……。やっぱり家族を紹介するのって、気恥ずかしいのかと思って」

「別にそういうわけでもないよ」

冷えたペリエを取り出して後ろ手に冷蔵庫を閉じ、小さなバーカウンターから取ったバカラのグラスに発泡水を注《つ》ぎ分《わ》ける間、シモンは言葉を探す。

「ただ、なんと言ったらいいのかな。僕が個人的に友人を招待したのは君が初めてなものだから、みんなの反応が過剰で困っている。さっきだって、遠慮という言葉を捨ててきたみたいに質問攻めにするのを見て、我が家族ながらあきれてしまったよ」

やれやれと首を振るシモンに、ユウリは普段は見ることのない苦労性の一面を見いだして、グラスを受け取りながら笑う。それだけシモンは、家族を愛しているのだろう。ユウリは、すませてきたばかりの夕食の席を思い返す。

ベルジュ伯爵は、シモンと面差しの似た知的で端整な顔立ちの紳士であった。茶に近い亜麻色の髪を後ろに撫《な》でつけ、青みの強い水色の瞳《ひとみ》で鋭く人を見るが、口元に浮かぶ品のいい微笑が全体の印象を和らげ、人当たりのいい人物像を作りあげていた。

その真向かいに座る慈愛に満ちたふくよかな女性が、シモンの母親であるベルジュ伯爵夫人。くすみ始めたとはいえ、手入れの行き届いた白金の髪《プラチナブロンド》に柔らかな水色の瞳がじつに美しい。どこかあどけなさの残る天真爛漫《てんしんらんまん》な様子は、生来の気立てのよさに後押しされて彼女の最大の魅力となっていた。シモンは母親の話し好きには辟易《へきえき》すると言ったが、本当にそう感じる人間はいないだろう。ユウリも矢継ぎ早の質問にちょっと戸惑ったくらいで、そばにいるだけで温かさが伝わってくる夫人のことが、とても好きになった。

そして、ユウリの正面に座るシモンの横で、始終クスクスと忍び笑いを漏らしていたのが、花のように美しい双子《ふたご》の姉妹マリエンヌとシャルロットだ。シモンほどではないが、輝く白金の巻き毛に父親譲りの青みの強い水色の瞳で好奇心旺盛《おうせい》に人を見る。それが嫌みにならないのは、楽しそうに笑い転げる二人が作り出す砂糖菓子のような甘い幸福感によるのだろう。見ていると思わず微笑《ほほえ》んでしまう愛くるしい双子《ふたご》とは、ユウリはすでに夕食前に対面をすませていた。

到着してすぐ、一角獣《ユニコーン》のタピストリーの前で時間を費やしたシモンとユウリがそこから歩き出したのを追いかけて、双子が廊下を走ってきた。足音に気づいたシモンが振り返るのと、二人が両側からシモンに抱きついたのはほぼ同時だった。とっさに抱きとめたシモンは、大仰なため息で二人の闖入者《ちんにゅうしゃ》を母国語で諌《いさ》めた。

「マリエンヌ、シャルロット。お客様の前だよ」

「ごめんなさい、お兄様」

「でも、逃げてしまうお兄様もいけないのよ」

「そうよ。誰よりも早くお兄様のお友達に紹介していただきたくて、朝から走り回っていたのですもの」

抱きついたまま上を向いて口々に責め立てる少女たちは天使のように愛らしく、横に立ったユウリはポカンと口を開けて、その情景に見入ってしまった。中等教育に入ったばかりという双子は、この世のものとは思えないほど、顔も仕草もかわいらしい。「あの二人、じつは天使なんだよ」と誰かに耳打ちされたら、ユウリはきっと信じてしまっただろう。

「それは残念だったね。先にアンリに紹介してしまったよ」

「知っているわ。アンリってば、ずるいんですもの」

「見分けがつくようにすると運命が待つ……、なんて人を惑わすようなことを言って、私たちの出鼻をくじいたの」

「それで、自分はちゃっかり最初に紹介されているのだから……」

バラ色に上気した頰《ほお》を膨らませる二人は、そう言われてみると、確かに髪型が違っている。一人は白金《プラチナブロンド》の髪をゆるく三つ編みに結い、もう一人は両サイドの髪の毛を頭の後ろで束ねている。しかしそのほかはすべて、水色のリボンも、白とベージュを合わせた品のいい涼しげなワンピースもお揃《そろ》いである。三つ編みのほうがマリエンヌ、もう一人がシャルロットであると紹介されたが、一卵性双生児を見分ける方法はないとシモンが断言するほど、二人は何もかもがそっくりだった。

その二人が夕食時に髪型を取り替えて挨拶《あいさつ》し、ユウリがそのことに惑わされず正確に名前を呼んだことが、食堂に集《つど》った全員を驚かせた。客人を驚かせるはずの計略に仕掛けた側が驚かされて、ユウリの人気が一気に高まったのは言うまでもない。

それから先はシモンが言ったとおり、シモンのこと、ユウリのこと、ユウリの家族のこと、ユウリの将来や恋人についてなど、息をつく暇もないほど質問攻めにされ、その間じゅう、シモンとアンリを除く四人の好奇心にさらされ続けた。

途中、助け船のつもりか、ベルジュ伯爵が話題をそらそうとしてくれたが、それが株の話になった時には、一瞬ひやりとさせられてユウリはシモンを盗み見てしまった。

夏休み前、サージェントの絵を買う資金を作るために、シモンが株の売買で一財産を作ったらしいことはアシュレイから聞いて知っていた。ベルジュ伯爵はどうやらその件に触れようとしたらしかったが、シモンがさりげなく話題を変えたので、結局その話はすぐに流れた。

ユウリとしては胸を撫《な》でおろす結果だったが、ただ、その時も含め、シモンの父親に対する態度は一貫してどこか挑戦的であるように思われた。多感な年頃だし、男親と衝突して悪いものでもないが、ユウリはなんとなく気になった。さらにアンリというベルジュ家の中での独特な存在を考えると、いっそう複雑な心境になる。もちろん、人様の家の事情を他人のユウリがあれこれ考えるのは失礼であって、その辺をわきまえているユウリは途中から極力考えないように努めていた。

シモンが食事中に何を考えていたかは知らないが、ユウリにあてがわれた部屋で肘掛《ひじか》けのついたソファーに深く腰をおろした時、彼は珍しく疲れたように前髪を梳《す》き上《あ》げて数メートル先の高い天井《てんじょう》を見上げた。その姿勢のまま、澄んだ水色の瞳《ひとみ》でユウリを捉《とら》える。

「今だから白状するけど、実は君が遊びにくることを伝えた時、彼らときたら親戚《しんせき》を呼び集めてお披露目のパーティーを開くとまで言い出したのだよ」

思わぬ裏話に、ユウリは目を丸くする。シモンに婚約者でもできたならともかく、友人一人を招待したくらいでお披露目パーティーはないだろう。そうは思うが、シモンの家族と接した今、ないと言い切れないのが恐ろしい。

「説得してなんとか食い止めたけど、君がいる間にどんなことを思いつくか考えただけでも空恐ろしいものがあって、それで今回はほかの別荘に避難することにした。できれば直接別荘に行きたかったのだけど、せめて家族には紹介しろと泣きつかれて仕方なく今日の夕食は皆でとることにしたんだ。でも、思ったとおり、質問攻めにはするし、あげくに君を試すようなことはするし、最悪だ」

どうやら双子《ふたご》の入れ替わりの一件が、気に入らないらしい。

「すてきな家族だと思うよ。お披露目パーティーはちょっと遠慮したいけど、夕食はとても楽しかったし、マリエンヌとシャルロットのことも、僕は気にしてないよ。むしろ黙って騙《だま》されておいたほうがよかったのかなって後悔したくらいだ」

髪型を替えて挨拶《あいさつ》をした彼女たちに、三つ編みのほうをシャルロット、もう一人をマリエンヌと呼んだ時の彼女たちの反応は、今思い出しても笑えるものがあった。毒でも飲んだような悲壮さと、企《たくら》みが見抜かれた落胆と、そして本当の自分を見分けてくれた人間への尊敬と喜びがない交ぜになった、じつに滑稽《こっけい》でかつ愛らしい表情だった。それが見事にダブルで目の前にあったのだ。まさに自然の神秘としか言いようがない。

「そんなことをユウリが思う必要はないけど、でもそういえば、あれはすごかったね。べルジュ家始まって以来の快挙だ」

身体《からだ》を起こしたシモンが、解けない謎《なぞ》に挑戦する時のように目を輝かせた。

「訊《き》こうと思っていたのだけど、君はどうやってあの二人を見分けたんだい？」

「どうやってと言われても……」

ユウリは、人差し指を唇に当てて考える。

「わからない。ただ、シモンがシモンであるように、マリエンヌはマリエンヌだし、シャルロットはシャルロットだからね。見分けるってどういうことか、こっちが訊きたいくらいだ。シモンだって、パスカルやウラジーミルをどうやって見分けるかと訊かれたら、困らない？」

シモンは、軽く手を開いてあっさり応じる。

「困らないよ。彼らは顔が違うからね」

「でも、じゃあ、彼らが仮面を被《かぶ》っていたら見分けられないの？」

「どうだろう。見分けられるような気もするけど、自信はないよ。相手を認識するのはやっぱり顔だからね」

当たり前のように言われて、ユウリは考え込んでしまった。

「そうか。そうだよね。よくわからないや」

呟《つぶや》くように言いながらすっと目を伏せたユウリの横顔が見たくて、シモンは無意識のうちに頬《ほお》にかかる黒髪に手を伸ばす。東洋的な高すぎない鼻梁《びりょう》が、透明感のあるみずみずしい肌とともにユウリの凛《りん》と涼しげな横顔を作っている。決して目立つ姿形ではないが、近くで見れば見るほど魅了される顔だ。中毒というのは、こういうのを言うのだろう。馴染《なじ》めば馴染むほど、飽きるどころか次が欲しくて禁断症状を起こす。久しぶりに接したユウリに、シモンは自分の中にあった飢えのようなものを意識した。

触れることで存在を実感しながら、シモンはユウリに言う。

「まあ、やっぱり、ユウリだからだろうね。君はきっと視覚以外の何かで、人を識別するのだよ」

「それ、誉《ほ》めている？」

「もちろん《ビャン・スュー》」

柔らかいフランス語で肯定してから、シモンは絶妙のタイミングで話を切り上げる。

「それで、明日は朝早いけど、大丈夫そうかい？」

立ち上がったシモンに遅れ、ユウリも立って返事をする。

「うん」

「じゃあ、六時に朝食で」

戸口のところで夜の挨拶《あいさつ》を交わしながら頬にキスをして、二人は別れた。

一人になった広い部屋の片隅で、ユウリは天蓋《てんがい》つきのベッドに腰をおろして、しばらくの間、華やかなシモンの家族のことを考えてぼんやりしていた。

　その時。

　コン、と何かが窓にぶつかった。

　ユウリはベッドに座ったまま、首だけを振り向けてバルコニーに面した大きな窓に目をやる。厚手の上質な生地に細やかな刺繍《ししゅう》の施されたカーテンが二重に垂れる優美な窓。その隙間《すきま》からわずかに見えている夜の闇《やみ》に、ユウリは確かに人の気配を感じ取る。

　同時に、コンコンと、今度ははっきりと誰かが窓ガラスを叩《たた》く音がした。

　ユウリは立ち上がって、窓のほうへ寄っていく。このフランスの地で自分を窓から訪問する人間にまったく心当たりがなかったユウリは、警戒の色をこめて窓越しに「誰《キ・エス》？」と誰何《すいか》する。

「僕、アンリ《ジュ・スィ・アンリ》だよ」

「アンリ？」

　意外な人間からの返答に、ユウリは慌ててカーテンをかき分けて窓の鍵《かぎ》を外した。闇に沈んだフランス庭園を背景にバルコニーに立っていたのは、紛れもなくシモンの弟のアンリである。

「アンリ、いったいどうしたんだい？」

　英語で言ってしまってから、「あ、えっと」とフランス語を模索し始めたユウリに、アンリが軽く手を打ち振って笑いかけた。

「平気。あんまし上手《うま》くはないけど、英語は話せるから」

確かに発音はちょっとフランスふうだが、文法そのものは正確だ。ユウリは頷《うなず》き、同じ質問を繰り返す。

「それで、どうしたんだい？」

「あ、うん。これから出かけるんだ。たぶん明日は会えないから、挨拶《あいさつ》に来た」

話しているアンリの邪気のない笑顔。しかし、ユウリは眉《まゆ》をひそめた。

「これから、出かけるって？」

「そう。友達と」

聞き違いか言い間違いかとも思ったが、ジーンズに黒のTシャツ、頭にバンダナを巻いたアンリの格好は、どう見てもこれから寝ようとする人のものではない。

「それって、シモンたちには……？」

「もちろん内緒だよ。フランスは十八歳以下の教育には厳しいんだ。ま、あの聡《さと》い兄にはばれていると思うけど」

ふとユウリは、アンリと最初に会った時にシモンが言った言葉を思い出す。彼は「珍しいな、お前が家にいるなんて」と言っていた。つまり、アンリのこの行状は、今に始まったことではないのだろう。

幸福を絵に描《か》いたような家族の中で、一人だけ髪の色も目の色も違うアンリ。食事の間じゅう、彼は借りてきた猫のようにユウリの隣で静かに会話に耳を傾けていた。

開いた窓から夜風が入り、いちばん下のレースのカーテンが揺れ動く。夏の静かな夜。庭園の噴水だけが、涼しげな水音を奏《かな》でている。

「……アンリは、シモンのこと、好き?」

言ってしまってから、ユウリは動揺した。どうしてそんな質問をしてしまったのか自分でもわからない。アンリも一瞬驚いたようにユウリを見つめたが、すぐに合点がいったように頷《うなず》いて応じた。

「もちろん。自慢の兄だよ。だから困っているんじゃないか」

「困る?」

「そう、困る。僕は吟遊詩人《トルバドウール》だからね。王国に仕えるわけにはいかないんだ。悲しませる気はないんだけど――って、なんでこんな話をしているんだろう。今まで誰にも言ったことがないのに……」

アンリは、黒褐色の髪をグシャッとかきあげた。すぐに「ああ、そうか」と呟《つぶや》き、猫のように鋭い瞳《ひとみ》を夜の闇《やみ》に光らせた。

「きっと、あの一角獣《ユニコーン》に似ているせいだ」

「一角獣って、まさか……、あのタピストリー?」

「そう、兄がご執心のタピストリー」

肯定したアンリが、手を伸ばしてユウリの目元に近い髪を梳《す》いた。その仕草がシモンとそっくりで、ユウリは変なところで兄弟なんだと実感する。

「血塗られて、なお純白の輝きを失わない孤高の聖獣。あの凛《りん》とした孤独がユウリの瞳《ひとみ》にも宿っているよね」

言うことまで同じである。ユウリは心の中で吐息する。

「聞いただろう。あのタピストリーは、犠牲のテーマを秘めているって」

ユウリは、「シモンは復活と言ったけど……」と訂正しながら頷《うなず》いた。

ここに至って、救いを求めてやまない幾本もの手がタピストリーに向かって伸ばされる幻想を、はっきりと意識する。けれど、それが自分にとってなんだというのか。一角獣《ユニコーン》になる気はない。だいたい自分にそれほど高潔な生き方ができるとは思わないが、何故《なぜ》か他人はそう見てくれない。

(シモンの目には?)

アンリに言われるようでは、「そうだといいけど……」と呟《つぶや》いたシモンの気持ちがわかるような気もする。はたしてどれが真実なのか。それは誰にもわからない。

ユウリは諦《あきら》めて、視線をアンリから外の宵闇《よいやみ》に移した。ラヴェンダーの優しい香りが風に混じっている。

「それで、君は何を？」

風に乗せて言ったユウリの言葉に、アンリは静かに首を振った。

「今は別に……。ただ、忠告を。こう見えても、僕にはちょっとした予言能力があるんだ。兄と腹違いの母親の影響でね」

さらりと告げられた真実にユウリがギクリとした隙《すき》に、アンリは部屋を出てベランダの手すりに飛び乗っていた。

「気をつけて、ユウリ。南から伸びる手は危険だ」

「南？」

「そう。一つ角を追い求める者がユウリを傷つける。救いを求めるふりをして牙《きば》をむく。心しておくようにね――――じゃあ、いい旅《ボン・ボヤージ》を」

3

「シモン、あんなところにお城が見える」

　太陽が真南から西に移動し始めた午後、穏やかな田園風景の続く道を走っていた車の中で、ユウリが楽しそうな声をあげた。ベルジュ家の別荘へ向かう道の途中である。

　フランス南西部の都市トゥールーズから車で数時間ほどの場所にあるこの辺りには、古代から中世にかけての古い要塞《ようさい》や城、修道院など廃墟《はいきょ》となった建物が多い。車から見えるその城も、二つの四角い塔を持つ典型的な中世の建築物で、木に覆われた険しい山の頂上に周囲から切り離されて建っている。シモンが記憶するかぎり、そこは長い間人が寄りつかず、手入れもされぬまま放《ほう》っておかれている。

「あそこは、比較的保存状態もいいから、手を入れれば人が住めるはずなんだ。麓《ふもと》の村は今も観光地として結構栄えているから、電気・水道の設備も調っているしね。確かこれから行く城を買い取って改築する時、あの城も候補にあがっていたと聞いたことがある。ただ調べてみたら過去に異端信仰の拠点とされていたことがわかって、厳格なカトリック信者だった祖父だか曾祖父《そうそふ》だかが疎《うと》んで外したらしい。まあ、あくまでも、人伝《ひとづて》に聞いた話で、僕が直接調べたわけではないけどね」

長い脚を組みロールスロイスのクッションの利《き》いたシートに身を沈めたシモンが説明すると、ユウリは感心して振り返った。

「なんか、すごいよね。いったい、シモンの家は、幾つお城を持っているわけ？」

南仏に行くと聞かされていたので、てっきりプロヴァンスのほうかと思っていたユウリであったが、向かっているのはラングドックとアキテーヌの間、ミディ・ピレネーにある田舎の村であった。そこに中世末期に建てられた城があるというのだ。

「城《シャトー》と呼べるのは、昨日招待したロアールの本宅と、今から行くロット渓谷沿いにあるのと、あとボルドーのワイナリーとして使っているものかな。パリ市内にあるのは、規模からいって邸宅《メゾン》だし、最初に君を連れていこうと思っていたコート・ダジュールは、リゾート用の別荘《ヴィラ》だから」

シモンがユウリに南仏に行こうと言ったのは嘘《うそ》ではない。当初は夏のヴァカンスに相応《ふさわ》しく、コート・ダジュールのヴィラにユウリを招待するつもりだった。けれど、運悪く同じ時期に親族たちがコート・ダジュールに集《つど》うことになっていたため、やむなく渓谷沿いの城に変更したのだ。

「結局、城といえるのは、フランスには三つだけってことだね」

聞きながら指を折っていたユウリは、両手を使おうとしたところで硬直する。「フランスには」とあえて言うからには、ほかも合わせると指が幾つあっても足りないという虚《むな》しい事実に気づいたからだ。

「そっか……」

　ユウリの返答に虚脱感を見て取ったシモンが、軽く肩をすくめて言い足した。

「別に驚くほどのことでもないよ。戦後、市民革命などで失われてしまった遺産を取り戻すという政府の方針があって、城を維持している人間には助成金が出るんだ」

「助成金？」

「そう。維持費の一部を負担してもらう代わりに、城の内部を時々一般公開する。ロアールの城も、昨日案内した大回廊と奥の間は、年に二回、春と秋に十日間ずつ公開しているし、これから行く城などは、需要と供給が合えばホテルとして利用することもできるようになっている」

「へええ」

　ユウリは感心する。城を幾つも持っているなど贅沢《ぜいたく》の極みとしか思われなかったが、そこにはしっかりと社会的貢献という意味合いもあるのだ。

「ほら、ユウリ、村が見えてきた」

　車は、起伏のある緑の大地を走ってきたが、ようやく周囲の景色に変化が起こった。茅《かや》葺《ぶ》きの屋根をのせた背の低い家屋や赤茶けた石を積んだ建物が、沿道にぽつぽつと姿を現す。やがてそれらがまとまった街並みを作り、五階建ての建物が並ぶメインストリートに入る頃には、村というより街といったほうが相応《ふさわ》しい外観を呈してきた。

街の中心らしい噴水のある広場には、色鮮やかな花々を軒先に並べた小粋《こいき》なカフェが見える。表にテーブルを並べたカフェには、新聞を広げて座る人や身なりのいい紳士、ぼんやり座ってコーヒーを飲んでいる老女、明らかに旅行者とわかる格好の女性グループや男のバックパッカーなど、さまざまな人間が思い思いにくつろいでいた。

「あの先の道を左に行くと、頂上の城に着くはずだ」

示された方向を見ようと身体《からだ》を伸ばしたユウリは、ちょうど一台のリムジンが曲がろうとしている道を見つけた。その角で、一頭の白い仔馬《こうま》が草を食《は》む。

「今、車が曲がったところだね」

言いながら、ユウリは仔馬を見ていた。すると、引かれたように仔馬のほうも首を伸ばしてユウリを顧みた。深い紺青色《こんじょういろ》の静かな瞳《ひとみ》がじっとユウリに注がれる。それは通り過ぎるまでの一瞬のことだったにもかかわらず、ユウリには切り取られた時空が永遠性を帯びたように思えた。

一方、シモンは、ユウリの指摘に水色の瞳を曇らせる。

「そうだけど、おかしいな。あんな車、なんの用があってあの道を上るのだろう？」

そこは、先に行くほど急勾配《きゅうこうばい》のカーブが続く細い山道となる。周囲は鬱蒼《うっそう》とした雑木林となっていて、昼なお暗いその場所には、よほど酔狂な観光客でなければ足を運ばない。少なくともリムジンに乗って訪れるような場所ではない。

「誰か買い手がついたのかな」

呟《つぶや》いて、シモンは行き過ぎる辻《つじ》から分かれていく細い道を眺めた。


同じ頃、広場にあったカフェでは、客の一人が新聞をバサリとおろして、行き過ぎたロールスロイスを目で追った。若い男だ。東洋的な一重の目の奥で、青灰色の瞳《ひとみ》が妖《あや》しく光る。長めの青黒髪《ブルネット》を首の後ろでちょこんと結び、中国ふうの麻の上着を着ている。その風体の軽さに比べ発散する空気が妙に威圧的な彼は、名をコリン・アシュレイという。

「なあ、ちょっと《シル・ヴ・プレ》」

アシュレイは近くにいたウェイターを呼び止める。

「はい？《ウイ・ムッシュ》」

愛想《あいそ》よく近づいてきたウェイターに、通り過ぎた車を顎《あご》で示しながら、流暢《りゅうちょう》なフランス語で尋ねた。

「あの車が行くほうには、何がある？」

「ああ」

ロールスロイスが消えていくほうに目をやったウェイターが、頷《うなず》いてから答えた。

「あっちは私有地です。ムッシュ・ベン・ドル、……ちょっと名前は思い出せませんが、どなた様かのお城があるんですよ」

 しばらく頭をひねっていたウェイターが答えを曖昧に返した時、後ろから野太い男の声が続いた。

「ベルジュ伯爵様のお城ですよ。あの城の使用人の話では、そこのご子息様が夏休みを過ごされるということで、使用人、特に若い娘が色めき立っています」

 頑強そうな親爺が、訛りの強いフランス語で説明した。黒いチョッキに白いエプロンを腰に巻いた親爺はどうやらこの店の主人らしく、一とおりの仕事を終えて暇を持て余していたようだ。

「へえ?」

 主人の言葉を聞いたアシュレイは、相槌を打ちながら目を細め、「客が増えたな」と愉快そうに英語で呟く。しかしそれは聞こえるほどではなく、主人の興味は、もっぱら目の前に座る異国ふうの格好をしたアシュレイに向けられている。

 見れば見るほど、独特な雰囲気を持つ青年。

 話し好きらしい店の主人は、椅子を引いてかたわらに座り込む。どうやらアシュレイを相手に、午後の暇な時間をつぶすことにしたらしい。

「お前さん、フランス語が上手いけど、この国に住んでいるのかい?」

「いや。イギリスから来た」

「じゃあ、旅行か何かで？」

主人の訝《いぶか》しげな口調には、そうは思っていない気持ちがよく表れている。都会であれば不躾《ぶしつけ》と思われても仕方がないほどジロジロ眺めてくる主人を気にするでもなく、アシュレイは「ウィ」と短く肯定して、飄々《ひょうひょう》と残りのコーヒーに口をつける。

「それで、お前さんは、これからどこに行くつもりだい」

「どこって、あそこだよ」

カップをテーブルに戻しながら空いている手の親指で方向を示したアシュレイに、主人の眉間《みけん》に深い皺《しわ》が寄る。

「あそこって、あの城のことかね？　そういえば、ここ二、三日、妙にあの山に向かう車が多いが、パーティーでもやろうっていうのか？」

「だろうな。でなけりゃ、招待状の意味がない」

胸ポケットから紋章入りの封筒を取り出してみせたアシュレイは、その仕草の合間にも陽気だった主人の顔に翳《かげ》りが帯びたのを見逃さない。

「なんだ、何か問題でもあるのか？」

「いや……」

主人が、戸惑ったように弱く否定した。

「なんでもない。なんでもないんだがね、……そうか」

大きなため息をついて頭を振る。その様子はなんでもないどころか、あの城に入ったら二度と生きては帰れない、とでも言いたそうである。案の定、すぐに主人がぽつりと言った。

「本当に行くつもりかね？」

「まあ、な。でも時と場合によっちゃあ、やめてもいいが……」

アシュレイは、切れ長の細い目の奥に青年らしからぬ狡猾《こうかつ》さを宿して、まったく違う話に移る。

「ところで、ここのコーヒーは美味《うま》いな」

「もちろん。先祖代々の味だからな。淹《い》れ方《かた》にコツがあるんだよ」

愛想笑《あいそわら》いを浮かべて応じながら指先がいらだたしげにテーブルを打つ主人を、アシュレイは眇《すが》めた目で観察する。二、三の会話を交わすうち、思ったとおり、焦《じ》れた主人が自分のほうから話を戻してきた。

「なあ、悪いことは言わない。あの城に行くのはやめたほうがいい」

「ほお」

内心ニヤリとしながら表情は変えず、アシュレイは身体《からだ》を乗り出して話に興味を示した。

「そりゃ、また、どうして？」

「どうしてもこうしても、あの城がなんと呼ばれているか、知らんのかね？」

「知らないね。なんて呼ばれてんだ？」

店の主人は、わずかに逡巡《しゅんじゅん》の表情を見せた後、周囲を見回して声をひそめた。

「幽霊城」

ククッと、アシュレイが喉《のど》の奥で笑った。その笑いには、主人の話を頭から否定する感じが表れている。そうと知った店の主人は、躍起になって話し出した。

「余所《よそ》から来たあんたは知らんだろうが、あの城は昔から呪《のろ》われているってんで、この辺じゃ有名なんだ」

「呪われている？」

「そうだよ。大体あそこは、十字軍の昔、悪魔を信じる異端者たちの城として栄えたという話もあって、今も月のない晩になると、地下室から獣のような咆哮《ほうこう》が聞こえてくるそうだ。北の塔に魔女の姿を見たというやつもいる」

厭《いと》わしげに告げる店の主人に、アシュレイは小さく肩をすくめてみせた。十字軍の頃の異端信仰であれば、広義にラングドックといわれるこの地域でなら、どこの廃墟《はいきょ》にも似たり寄ったりの伝説が残っているだろう。

「じゃあ、呪いというのは、その悪魔が呪ってんのか？」

揶揄《やゆ》するようにアシュレイが言うと、主人は即座に首を振った。

「呪《のろ》いというのは、もっと前の話だよ。あの城が建って間もない頃、大昔のね……」

店の主人が、声をさらに落とす。近くに立っていた若いウェイターが、興味をそそられたようにこっそりと一歩近づいてきた。アシュレイも、肘《ひじ》をついた手で顎《あご》を支え、興味を示して身を乗り出す。

「それは、汚《けが》された処女による呪いさ」

「処女？」

アシュレイは、その意外な言葉に切れ長の細い目を見開いた。

「ああ。もっとも何百年も昔のことだし、詳しいことは知らんよ。ただ伝えられているところでは、その昔、まだ領主の命令が絶対だった頃、村でいちばん美しいといわれた娘っ子が、結婚を前に領主に処女を奪われたうえ、名誉を汚されてしまった。しかも恋人は殺され、両親は追放されたという酷《ひど》い話でね。それもこれもすべて、その娘っ子に惚《ほ》れ込《こ》んだ領主の策略だった。以来あの城には、その娘の呪いがかけられているそうだ」

「初夜権の行使——」

アシュレイは素早く英語で呟《つぶや》いてから、フランス語に切り替える。

「で、その呪いは、具体的にどんな呪いなんだ？」

「それは、あの城で処女が汚されると、そこにいるすべての者に死が訪れる——。本当なんだ」

　主人の話にそっぽを向いたアシュレイに、主人は話を信じさせようと必死になる。

「そうして娶《めと》った妻に殺された男や自殺した花嫁も大勢いたらしくて、そいつらの幽霊を見たというやつもいる。半年前に、あの城へ改装工事に入った男が一人、原因不明の高熱で死んじまった。関係者は否定しているが、住人は皆、そいつは死霊《しりょう》に取《と》り憑《つ》かれたと信じている」

「高熱？」

　アシュレイも意外そうに主人をちらりと横目に捉《とら》え、情報を吟味するように目を伏せた。ひとしきり話し終えた主人のほうは、傾き始めた陽光を顔に受けて眩《まぶ》しそうに目をしばたたいている。

「……それでお前さんは、この話を聞いても、まだ行く気なのかね？」

「もちろん。そんな話を聞いたからには、是が非でも行かなきゃ、損だろう」

　唇の端を吊《つ》り上《あ》げてニヤッと笑ったアシュレイが、道のほうに視線を投げる。その冒瀆《ぼうとく》的《てき》ともいえる笑いに一瞬ひやりとするものを感じた店の主人が相手の視線を追うと、そこには窓にスモークを張った黒いリムジンが一台、音もなくすべり込んでくる姿があった。

　車が止まり、運転席から降りてきた男が、真《ま》っ直《す》ぐこっちに向かって歩いてくる。この夏空の下にあって、汗一つかかずに黒のスーツを着こなし、濃い色のサングラスをかけている。

「コリン様、そろそろ約束のお時間になりますが……」

店の主人が呆然《ぼうぜん》と見守る前で、アシュレイは、頷《うなず》いて軽やかに立ち上がった。ズボンのポケットから無造作に取り出した倍額のユーロ紙幣をテーブルに置き、「面白い話を聞かせてもらった。どうやら思ったより楽しいパーティーになりそうだよ」と告げて、立ち去っていく。

すっかり度肝を抜かれた主人は、アシュレイの乗った車が角を曲がって消えていく頃になっても、そのままぼんやりと穏やかな陽光の中に座り込んでいた。

そこへ、

「面白そうな話をしていましたね」

柔らかいアクセントで声がかかり、同時に主人の顔に影がかかった。

座ったままでいた店の主人が鈍い反応を示して視線を向けると、テーブルの横に、奥で葉巻を吹かしていた身なりのいい紳士が立っていた。

「ええ、まあ、つまらない噂話《うわさばなし》ですよ」

答えながら少しずつ自分を取り戻し始めた主人は、改めて自分に話しかけている紳士に意識を向けた。中肉中背、グレーの縮れ毛、鷲鼻《わしばな》に丸い小さな銀縁眼鏡《ぎんぶちめがね》をかけた男は、チョッキに懐中時計、ハンチング帽にニッカーボッカーという典型的なイギリス紳士の格好をしている。おそらくイギリス人の教師か学者といったところだろう。

「それで、お話の続きですが……」

「続き？」

相手を観察することに気を取られていた主人は、とっさに意味がわからず訊《き》き返《かえ》す。

「さっきおっしゃっていらした処女の呪《のろ》いのお話ですよ、それには、呪いを解く方法というのは、伝わっていないものでしょうか？」

「呪いを解く……」

主人は座ったまま、首をひねって考え込んだ。こんな話に興味を持つとは、やはりこの男は民俗学者か何かだろうか。そんなことをちらりと思いながら、「ああ」と言ってポンっと膝《ひざ》を叩《たた》いた。

「そういえば、聞いたことがある」

主人が何か思い出したように記憶をたどる間、相手の薄緑色の瞳《ひとみ》が眼鏡《めがね》の奥で貪欲《どんよく》に光った。

「確か、そうだ。処女の娘の呪いを解くのは、一頭の穢《けが》れなき一角獣《ユニコーン》」

「一角獣……ですか。それは、それは」

何が面白いのか、ふいに悦《えつ》に入《い》って唇の端を吊《つ》り上《あ》げた男は、「すばらしい。じつに暗示的だ」と英語で呟《つぶや》いて肩を震わせる。午後の陽《ひ》にきらりと反射した眼鏡の奥で、ガラスのように虚《うつ》ろな薄緑色の瞳《ひとみ》が、病的な喜びを示して輝いた。

それを見た主人は、ぞっとしてテーブルの下で十字を切る。先ほどの若い男といい、この目の前の紳士といい、あの城に向かう客にはロクな者がいないようだ。そこでふいに好奇心に駆られた店の主人が、恐る恐る紳士の顔を覗《のぞ》き込《こ》んで、尋ねた。

「あの、お訊《き》きしてよければ、あの城でいったいなんのパーティーがあるんです？」

「サングラールだ」

「はっ？」

主人が目を丸くする。

「サ、サンル、サングリュ？」

聞き慣れない単語を口の中で繰り返そうとする主人から目をそらし、紳士は視線を彼方《かなた》の城へと移す。そこにある何かに飢えているかのように、紳士はどこか警告めいた口調で宣言した。

「踏みつけられる前に、犬がくわえた聖なるものを奪い返しに行くのだよ」

第二章　幽霊城からの招待状

1

「さあ、ユウリ」

シモンに促されて車を降りながらも、ユウリの視線は目の前の風景に釘付《くぎづ》けだった。

村を通り抜け、外れの道を下っていくとロット川の支流のせせらぎが見えてきた。その流れに沿って五分ほど木々の生い茂る道を走っていると、ふいに目の前に空間が開け、そこに中世の城が現れた。

北側を岩山の壁に迫られ、岸辺に建つ城。規模はそれほど大きくなく、ものの十五分も歩けば城まわりを一周できそうである。それも含め、あらゆる点で昨日滞在したロアールの本宅とは、趣を異にしている。宮殿というに相応《ふさわ》しいゴシックとルネッサンスが折衷した繊細で美しいフォルムを持つ優雅な本宅に比べ、ここに建っているのは本当に城らしい城である。門はなく、川縁《かわべり》から少し高くなった台地に薬草や花々の生い茂る庭があり、その奥に茶色の石を積み上げた建物がずっしりと重々しく建っている。ただし中世末期、およそ十五世紀頃の築城と考えられているこの城には、すでに初期ルネッサンス様式の特徴が見られる。両端にある丸くて太い円筒形の塔には赤茶けたとんがり帽子のような円錐《えんすい》形《けい》の屋根がつき、それがロマネスクの厳《おごそ》かで堅牢《けんろう》なイメージに人間味のある愛らしさを添えているのだ。

物珍しそうにきょろきょろしながら歩いているユウリを上手《うま》く誘導して、シモンは身軽に玄関口に歩み寄る。

「やあ、ゴードン。世話になるよ」

迎えに出てきた上品な執事に、シモンは懐《なつ》かしそうに母国語で挨拶《あいさつ》する。

「お久しぶりでございます、シモン様。しばらくお見かけしないうちに、またご立派になられまして、伯爵様もさぞかしお心強いことでしょう」

「どうだかね」

軽く頭を下げた姿勢で慇懃《いんぎん》に言われた言葉に、シモンは肩をすくめる。

「それより、紹介するよ。彼が僕の友人で、ユウリ・フォーダム」

それから、英語に切り替えてユウリに言う。

「彼はゴードンといって、長年この城を管理している。ホテル業界で名の知れたコンセルジュだった彼を、父が強引に引き抜いてきたんだ。さっきも言ったように、申し込みがあればホテルとして一般に開放するのも、彼のホテルマンとしてのセンスを信頼しているからだよ」

　説明を聞いたユウリが、「こんにちは《ボン・ジュール》」と挨拶《あいさつ》をすると、ゴードンは静かに微笑《ほほえ》んで「こんにちは、フォーダム様《ボン・ジュール・ムッシュ・フォーダム》」とフランス語で挨拶してから流暢《りゅうちょう》な英語に切り替える。

「お噂《うわさ》は私どものところまで届いております。お会いできるのを楽しみにしておりました。どうぞ、ご滞在の間、なんなりと御用をお申しつけください」

　その完璧《かんぺき》なクイーンズ・イングリッシュにユウリが目を見開くと、横からシモンが言い足した。

「そうそう。彼は職業柄、フランス語はもとより、英語、ドイツ語、イタリア語、スペイン語、それに挨拶と御用聞き程度なら、ロシア語、ギリシャ語、ポルトガル語が話せるから、気兼ねなく英語で話しかけるといいよ」

　それを聞いたユウリは、感心すると同時にホッと胸を撫《な》でおろした。

　用意された昼食をとって一休みしてから、ユウリとシモンは川縁《かわべり》にデッキチェアを並べ、白いパラソルの下でくつろぎの一時を過ごすことにした。

　Tシャツに膝丈《ひざたけ》のズボンというラフな姿のユウリは、すっかりご機嫌の様子で身体《からだ》を伸ばして深呼吸する。川を渡る風は涼しく、切り立った向こう岸を覆う木々の緑が目に優しい。デッキチェアに胡座《あぐら》をかいて景色に見入っていたユウリは、陽光をはじいてきらめく川面《かわも》に魚が跳ぶのを見て、歓声をあげた。

「シモン！　見た？　魚だよ、魚。跳んだんだ」

隣で静かに本を読んでいたシモンは、開いたままの本をお腹《なか》に置いて首だけでユウリを見返った。読書に少し飽きていたのか、小さく欠伸《あくび》を漏らして問う。

「魚が珍しいなら、釣りでもするかい？　すぐそこに絶好の釣り場があるんだ」

喜色満面で振り返ったユウリに、シモンは答えを聞く前に立ち上がっていた。

城から徒歩で五分と離れていないところに川の中へ平らに突き出た大岩があり、その上で二人は水面に糸を垂らして獲物がかかるのを待つ。魚は面白いほどよく釣れた。途中からシモンが別の糸を使って何か始めたのでなんだろうと思っていると、やがて釣り上がってきたのはザリガニだった。

「うっそ、シモン」

這《は》うように寄ってきたユウリは、懐《なつ》かしそうに中の一匹を手にとった。

「すっごい。懐かしい。小さい頃は、近くの川によく捕まえに行ったよ」

カシカシとはさみを動かすザリガニをあらゆる角度から観察しながら、ユウリは不思議そうに問いかけた。

「だけど、シモン。ザリガニなんか釣ってどうするつもり？」

「決まっている。調理させるのだよ」

「調理って、……食べるの、これ？」

ザリガニを持ったまま硬直したユウリを、シモンが横目に見おろして笑う。

「何をそんなに驚いているのだい？　ポタージュとかにすると美味《おい》しいよ。まあ、ベルジュ家のシェフの腕を信じてもらうしかないね」

言われてユウリは、手の中のザリガニと見つめ合う。すると、鼻先数ミリの距離ではさみが大きくカシッと空を切り、とっさにのけぞったユウリは、間一髪で難を逃れた。

ザリガニのほかにもたくさんの川魚を釣り上げ、二人は意気ようようと帰《かえ》り支度《じたく》を始める。そろそろシェフたちが夕食の準備に取りかかる時刻だからだ。それでもまだ十分高い太陽を振り仰いだユウリは、日射病になるからと強制的に被《かぶ》らされたキャップのつばを持ち上げて、とある場所に視線を固定する。

ベルジュ家の城と今いる場所のちょうど中間くらいの頭上高く見上げたところに、影となった建物の一角が見えていた。位置的にベルジュ家の城が背にしている岩山より、さらに高い場所にあることになる。鬱蒼《うっそう》と茂る木々を越えて不自然な形で見えている建物が、さっき見た山頂の孤立した城の一部であることを、動きの止まったユウリの視線を追ったシモンが教えてくれた。

「こんなところから見えるとは、僕も今まで気がつかなかった。もしかしたら、あの辺り

の木を少し伐採したのかもしれない」

ユウリとお揃《そろ》いのキャップを被《かぶ》ったシモンは、サングラス越しに頭上を見たまま冷静な意見を述べる。

ぐるりと回った距離で遠ざかったと思えた建物が、これほど近い位置にあると知ったユウリは、何故《なぜ》か影となった四角い塔から目が離せない。何か強烈に自分を引き付ける力を感じ、ユウリは無意識にぎゅっと唇を噛《か》んでいた。

降るような蟬《せみ》の声が途絶えて、空白の間を作る。白く焼けた景色を封じ込めて時空が静止し、その重みで気が遠のきかけたユウリの目の前に、すっとシモンの掌《てのひら》が下ろされた。袖《そで》をまくった白いシャツからすらりと伸びるシモンの腕が、何事もなかったようにユウリを凍りついた時から解き放つ。

「君の帰る家は、こっちだよ」

差し出された腕で引き寄せられ近づいた一瞬、シモンのつけている香水が鼻孔《びこう》をかすめた。そのまま背中を押されて道のほうに追い出され、二人は岩場を後にする。

帰る道すがら、ユウリは河原の土手でさっき見た白い仔馬《こうま》が水を飲んでいる姿を見た。

(この辺で飼っているのかな?)

そんなことを思いながら別荘に戻ると、玄関口まで迎えに出てきたゴードンが、道具を受け取りながら訊《き》く。

「お帰りなさいませ、シモン様、ユウリ様。ご成果はあがりましたか？」

どうやらユウリを慮《おもんぱか》って、ここでの会話はすべて英語でするつもりらしい。

「神の祝福ありだよ。ねえ、ユウリ」

「うん。こんなに捕れるなんて信じられない」

はしゃいだ様子のユウリに、ゴードンの目が優しく細められる。

「それは、よろしゅうございました。うちのシェフたちがお二人のお帰りを、腕まくりしてお待ち申しあげておりましたようですので、ご夕食を楽しみになさいませ」

ゴードンは言ってから、シモンに視線を移した。

「すぐに軽食をご用意しますが、どちらでお召しあがりになりますか？」

「そうだな。二階のテラスに頼むよ。ザリガニを捕ったりしたので先に軽くシャワーを浴びたほうがよさそうだ」

「承知しました」

一礼して下がろうとしたゴードンをシモンが呼び止める。

「あ、ゴードン。帰ってくる時、頭上に城が見えたのだけど、あの辺りを最近になって伐採でもしたのかな」

その言葉に、ゴードンの表情がわずかに曇る。それを見逃すシモンではない。

「どうした？」

「いえ、後ほどご報告申しあげようと思っておりましたが、半年ほど前、例の城にようやく買い手がついたようで改修工事が始まりまして、先週どうやら新しい持ち主が入居なさったようでございます。伐採したとしたら、その時の工事ではないかと存じあげますが……」

「やっぱりそうか」

シモンは、前髪を梳《す》き上《あ》げて城の後ろの岩山を見上げた。それを注意深く見守りながらゴードンが訊《き》き返《かえ》す。

「と、おっしゃいますと？」

「いや、来る途中の車から、あの山に上がる小道へ入るリムジンを見かけたのだよ。山に上がるような車じゃないからね。もしや誰かが買い取ったか下見にきたのじゃないかと、ユウリと話していたんだ」

会話の途中で水色の瞳《ひとみ》がユウリに流れ、ユウリは同意を示して小さく頷《うなず》いた。

「それで、どこの誰かは調べてある？」

「はい。ご当主のお名前は、ビリー・ウェルダン、生粋《きっすい》のアメリカ人のようです」

「ウェルダンって、最近アジア方面にファストフードのチェーン店を展開しているあのウェルダン・グループ？」

「現会長の息子で、実質的にトップにあると見てよろしいかと」

「ふうん」

シモンは何か考えている様子だったが、振り切るように頭を動かした。

「まあ、いい。ほかに何かわかったら教えてくれ。行こう、ユウリ」

慇懃《いんぎん》に頭をさげたゴードンに片手で応じて、シモンはユウリを促して歩き出した。

シャワーを浴びてすっきりしたユウリがバルコニーに出ると、すでにシモンは座って新聞を読んでいた。

南向きの二階のテラスは庭に面して張り出していて、眼下に広がる庭園と川のせせらぎが一望のもとに見おろせる。テーブルの上には、きれいに盛りつけられたカットフルーツ、チーズ、パン、マフィンなどが並び、紅茶の入ったティーポットからはかすかに湯気が立ちのぼっている。深く沈みこむ大きなクッションが敷き詰められた木のベンチにユウリが腰をおろすと、新聞を脇《わき》に置いたシモンがカップにお茶を注《つ》いでくれた。いとも優雅なティータイム。たわいない話に笑い転げながらおしゃべりをしていた二人のところへ、表情を曇らせたゴードンが姿を見せた。

「失礼いたします」

ゴードンはユウリに頭をさげてから、主人であるシモンに向かう。

「シモン様。ただ今ウェルダン様より使者が参りまして、こちらをお取り次ぎ願いたいということでございます」

言いながら、銀の盆にのせた紋章入りの上質なカードを差し出す。見たところ招待状のようである。

椅子《いす》の背にゆったりともたれたシモンは、水色の瞳《ひとみ》でゴードンを見据えながら長い腕を伸ばして招待状を取り上げた。伏し目で文字を追い、すぐに眉《まゆ》をひそめる。

「ゴードン、これはどういうことだい？」

言葉と一緒にきつい視線が向けられるのに、ユウリは申し訳なくなって二人から目をそらした。そこで何げなく見やった庭に、一人の男が立っているのを見つける。

上から見ているせいか、男の背の低さが目立つ。低いがずんぐりしている。頭でっかちの短軀《たんく》にフロックコートを着た姿は、一昔前の従者のようでもありサーカス団のピエロのようでもある。何故《なぜ》かマザー・グースにあるハンプティ・ダンプティの詩を思い出していたユウリは、目の合った男に頭をさげられ、条件反射で挨拶《あいさつ》を返していた。思ったより鋭い目。

ユウリの様子を横目に見ていたシモンが、起こした身体《からだ》をひねるように階下《した》を見る。ハンプティ・ダンプティが、もう一度、今度はシモンに向けて頭をさげたが、シモンは表情を動かすことなくゴードンに向かって言った。

「とにかく、明日の晩餐会《ばんさんかい》は断っておいてくれ。僕とお前の名前でそれぞれワイン樽《だる》でも贈ればいいから。それより、雇い人たちに城の中のことをべらべらと余所《よそ》でしゃべらないように厳重注意を頼むよ。今日の今日で、ユウリの存在まで知られているなんて、ちょっと信じられない」

名前をあげられて「えっ？」と思ったユウリの横で、ゴードンが深々と頭をさげる。

「本当に、申し訳ありませんでした。私の監督不行き届きで」

「まあ、過ぎたことはいいよ。めったにあることじゃないし、今後、気をつけてくれ」

そう言ってゴードンをさがらせたシモンは、不思議そうに見ているユウリに気づいて苦笑する。

「ごめんよ、ユウリ。例の城の持ち主からの招待状だったのだけど、宛名《あてな》がね、僕の名前とそのご学友となっていたから、ちょっと驚いてしまったんだ。とりあえず、ゴードンが上手《うま》くやってくれるから、ユウリは気にしないで」

シモンの説明を受けながら再び庭先に目をやったユウリは、ゴードンと向き合ったハンプティ・ダンプティが肩を落とすようにして踵《きびす》を返すのを見た。

（では、あれが城からの使者だったのか……）

納得したユウリだったが、見送る背中が印象に残って、何か落ち着かない気分にさせられた。

2

その夜。

夜中にユウリは、ふっと目を覚ました。

幾重にも重なったベッドの天蓋《てんがい》の垂れ幕が、夜の闇《やみ》に影となって浮かんでいる。窓から差し込む月の光が物にわずかな陰影をつける部屋。そこは、五百年の歳月を語りかけてくるような雄弁な沈黙に支配されていた。遠い川のせせらぎすらも、この静寂《しじま》の一部と化してしまう。

（なんだろう。何かが呼んでいる……）

その圧倒されるほどの静けさの底から、何かがユウリに語りかけてくる。いや、確かに何かの音がしている。自然の一部と化したような緩やかで一定した音。音とも言えぬかすかな響き。探るようにじっと耳を傾けていると、不思議と身体《からだ》が揺れてくる。

空気の中からそのかすかな響きを拾い出しているうちに、次第に自分とは相容《あいい》れない違和感があるように思えてきた。

（なんだろう、この感じは……）

ユウリが思い悩んでいると、窓のほうでカタンと小さな音がした。

凪《な》いだ空間に一陣の風が吹き抜ける。

ユウリは、ゆっくり身体《からだ》を起こして音のしたほうへ首を向けた。バルコニーに面した窓がわずかに開いて、忍び込む夜気がレースのカーテンをかすかに震わせている。

その隙間《すきま》から、こちらを覗《のぞ》く生き物が見えた。

月光を集めたように青白く輝く何かが、満天の星空を映したような深い瞳《ひとみ》でユウリのほうを見つめている。

するりとベッドを下りたユウリが、躊躇《ためら》いなく窓辺へ近づいていく。柔らかく手に馴染《なじ》むカーテンを退《の》けて、窓を大きく開け広げた。

「お前……」

ユウリの口から、驚いたような呟《つぶや》きが漏れる。窓に手を当てたまま、対面した動物をまじまじと見つめる。

そこにいたのは、昼間見かけた白い仔馬《こうま》だった。月の光を受けて青白く輝く姿はどこか神々《こうごう》しく、ユウリは目を細めて相手を観察する。宝石の輝きを持った深い紺青《こんじょう》の瞳が、じっとユウリを見上げてくる。魅せられたように手を伸ばしたユウリに、仔馬が甘えるようにすり寄った。身体を低くして、ユウリに乗れと態度で示す。ユウリが躊躇っていると、思慮深い輝きを持った瞳がユウリを顧みた。「乗れ」と伝える美しい目。

意を決しユウリが背にまたがると、仔馬は首を真《ま》っ直《す》ぐ伸ばして立ち上がる。

次の瞬間、仔馬《こうま》はユウリを乗せたまま、勢いよくバルコニーから身を躍らせて風のような速さで走り出していた。

「わっ、待って！」

叫んだ声が、虚《むな》しく響く。願いは聞き届けられず、仔馬は信じられない身軽さで川の中の岩場や岸の断崖《だんがい》を踏みつけて跳躍する。闇《やみ》の中から木々の影が飛んできては、あっという間に後ろに飛び去っていく。

なんというスピードであることか。

「うっそお……」

浮遊感に必死でしがみついた仔馬の背に、絹糸のような白く輝くたてがみがある。

びゅんびゅんと風を切る音を耳にしながら次第にスピードに慣れてきたユウリは、身体《からだ》を起こして周囲を見回した。

シモンの別荘は、もうほとんど見えなかった。その代わり、山上にある城が黒ずんでどんよりとした姿を目の前にさらしている。闇に影となって浮かぶ様子に、優美さの欠片《かけら》もない。無機的で愛想《あいそ》のない冷たい感じのする城だ。

枝から枝を渡り、木々の間を抜けると、切り立った崖《がけ》のような城壁が見えてくる。

「あ、あそこ……」

ユウリは、見上げた視線で、北側の塔の窓から誰かがこちらを見ている姿を捉《とら》えた。ど

うやら女性のようだ。黒い巻き毛をした美しい女性が、何かを訴えるように見ている。

しかし、考えてみると、それも変な話だ。今の自分の状況を思うと、これほど不可思議な光景を前に驚かずにいられる人間がいるだろうか。パジャマ姿の少年が、仔馬《こうま》に乗って夜の夜中に走り回っているだけでも変であろうに、そのうえ、その仔馬ときたら、どこでも平気で踏みつけながら走るのだ。

それにユウリ自身、すぐにそのことは考えられなくなる。

そびえ立つ城壁を前に、止まると思った仔馬が、最後に踏み込んだ場所から思いっきり跳び上がったのだ。

（ぶつかる！）

そう思って目をつぶったユウリは、フワッと虚空《こくう》に投げ出されるような浮遊感を覚えて、恐る恐る目を開いた。

そこに、月があった。

高い塔の上にのしかかるように大きな月が出ていて、それが、突然、ユウリの視界に入ってきたのだ。

（すごい――――）

ユウリは、息を呑《の》んだ。

クレーターまで見えそうな、くっきりとした巨大な月だ。

太陽を映し透徹した輝きを帯びる白い天体。処女神ディアナが住まう宮がある星。

仔馬《こうま》は静かに塔の上に着地した。月を背にして立った二つの姿が、城の中庭に長く大きな影をのばす。その影に映し出された仔馬の頭には、一本の鋭い角がある。しかし、ユウリがそれに気づくことはない。

やがて仔馬が背中を低くした。自然に降り立ったユウリは、敬虔《けいけん》な気持ちに襲われたまま、黙って月を見上げていた。

横で、仔馬が身体《からだ》を休めるように横たわる。

月《リユヌ》――――。

月を語源とするフランス語「リュナティク」は、かつて狂人を意味した。それは皓々《こうこう》とした月の光を浴びていると、精神が乱されておかしくなるからだという。

狼男《おおかみおとこ》も、満月に引かれて変身する。

ユウリの中で、何かが動く。逆巻《さかま》く力が膨れ上がってきて、ユウリという存在を追い越して溶け出していきそうだ。

（これが、錯乱なのだろうか――――？）

今の自分に、不可能はないような気がしてくる。放縦に振る舞い、破壊と再生を我が手に握る。その解放感を思ってうっとりする。

（今なら――――）

パジャマの裾《すそ》を引かれて、ユウリはハッと我に返った。

仔馬《こうま》が、静かな瞳《ひとみ》でユウリを見ている。クイクイ引くのは、そばに寄れということらしい。仔馬は温かかった。薄いパジャマ一枚のユウリは、そこで初めて自分の身体《からだ》が冷えていたことに気づく。

自分はいったい何を考えていたのか。心の奥底に眠る深い闇《やみ》を見たような気がして、ユウリは急に恐ろしくなった。

頭を振って妄想を一掃する。

仔馬に寄りかかり背中を枕《まくら》がわりに、改めて周囲を見回す。

ユウリがいるのは、間違いなく山上の城である。北側の端にある塔の屋上に寝転がっているのだ。

見おろす城壁には、歩哨《ほしょう》が立つための廊下がある。装飾はいっさいなく、これが戦闘のために造られた城であることがよくわかる。

かつての戦いでは、幾人の人間がそこから矢を放ち、煮えたぎる油を流して、敵の生命《いのち》を奪ったことだろう。逆に敵の放った弓矢に倒れた味方もいたはずだ。ともすれば、剣を激しく打ち合う音が聞こえてきそうで、ユウリはぎゅっと目をつぶる。ハムレットが父王の幽霊を追うのも、きっとこんな城だ。

しばらくそうしていると、どこからか太鼓を叩《たた》くようなかすかな音が響いてきた。それが自分の部屋で聞いたものであることに、ユウリは気づく。

（このお城から聞こえていたのか……）

さっきより大きく聞こえる太鼓は、トン、ト、トン、トン、ト、トン、と一定のリズムを刻んで間断なく音が続く。速くなるのでもなく、遅くなるのでもない。見事なまでに統一されて、同じ調子が繰り返される。永遠に何かを送り出す神秘の源のような音。絶対に自然と相容《あいい》れないが、それでいて不思議な吸引力のある音だった。

じっと音に耳を傾けるうちに、枕《まくら》がわりの仔馬《こうま》が呼吸する上下運動にも影響されて、ユウリはウトウトと深い眠りに落ちていく。やがて、眠り込んだユウリを口に挟んで背に乗せ上げた仔馬がゆっくりと動き出しても、ユウリが起きる気配はなかった。

仔馬は入ってきたのと反対側へ下りると、慣れた様子で城の中庭を突っ切って歩く。そしてユウリを乗せたまま、どこか知らない建物の中へ消えていった。

後に残された沈黙。

夜の闇《やみ》に沈む庭園は、かすかに花の匂《にお》いがする。

と――――。

元のありきたりな姿を取り戻した中庭で、静けさを破って詠《うた》う声がある。

「そは、存在せぬ獣なり――――」

それは、庭の真ん中辺り、ラヴェンダーや薬草の花が咲く道の途中に造られた東屋《あずまや》から聞こえたものだった。そこに、男がいた。身なりの整った品のいい紳士だ。ベンチに座って夏の宵を楽しんでいたらしい。

「月に魂を奪われたのは、エンディミオンですか。なれば彼が獣を処女神のもとへと案内するでしょう」

月光に、男のかけた銀縁《ぎんぶち》の眼鏡《めがね》がきらりと光る。

「面白い。この世は隠喩《いんゆ》で満ちている」

たった一人の幕間劇《まくあいげき》を楽しむように、そう言った男は、すっと立ち上がって舞台の袖《そで》へ退《ひ》くように闇《やみ》の中へ消えていく。

いつしか太鼓の音もやみ、今度こそ真の静寂《しじま》が、ロット川のせせらぎの中に下りてきた。

3

目覚めた時、ユウリは自分の置かれた状況がまったくわからなかった。

(ここは?)

いつもと違う不自然な朝を迎え、もたれていたソファーから身を起こす。

自分がいるのは扉近くのソファーセットで、細長い部屋の壁にはぎっしりと本が詰まった書棚が並ぶ。部屋の奥には窓を背にして大きな書斎机が置かれ、山と積まれた本に埋もれるように髑髏《しゃれこうべ》や地球儀がのっている。西洋絵画などに見る典型的な書斎の風景だ。

一とおり見回したユウリが目の前のテーブルに視線を戻すと、そこにはガラスケースに入った美術品があった。ツタが絡《から》みつくような繊細なフォルムの鉄製の台座に飾られているのは、象牙地《ぞうげじ》に金の輪で装飾が施された酒杯である。細い金の輪に彫られた模様もきれいだが、なんといっても七色に輝く象牙の肌がなめらかで美しい。

しかしゆっくり鑑賞している時間は、今のユウリにはなかった。扉の外で聞こえた声に、ハッと我に返る。

(そうだ。ここはどこだろう)

最初の疑問に立ち返ったユウリは、とりあえずこの部屋を出ることにする。

どうしてこんなところにいるのか自分にはまったく覚えがなかったが、それでも勝手に入ったことがわかったら、シモンだって気を悪くするに違いない。そう思って急いで廊下に出たユウリは、自分の考えがはなはだ甘かったことに気がついた。

石の壁が威圧的に迫る暗い廊下は、ユウリがこれまでに見たことのないものである。扉を出てすぐに持った違和感は、最初の角を曲がった瞬間、恐ろしい確信に変わる。幅の広くなった廊下は、片側にアーチ形をした木の扉が並ぶだけの簡素な造りだ。

昨日到着したばかりで城の中をくまなく歩いたわけではないとはいえ、ここが滞在中のシモンの別荘であるとはとうてい思えない。採光を考え内装を施したシモンの別荘は、どこもかしこも明るい光に満ちて、随所に飾られた生け花が温かく優しい空気を作っていた。隅々まで行き届いた配慮に持ち主のセンスを感じさせるあの城と、この陰気でかび臭い廊下では、ただの一つも共通点を見いだせない。

しかしそれならば、自分はいったいどこにいるというのか。冷静に考えたユウリの頭から、さっと音をたてて血の気が引く。

その時――――。

誰かが、ユウリの肩を乱暴に掴《つか》んだ。

「うわあっ」

驚いて悲鳴をあげたユウリの背後に、男が一人、仁王立ちで立っていた。

額から天辺《てっぺん》にかけて禿《は》げ上《あ》がった薄い髪。対して角張った顔には立派な口髭《くちひげ》が生えている。見開かれた目の奥からくすんだ青い瞳《ひとみ》が覗《のぞ》く恰幅《かっぷく》のいい男には、野球帽とヤンキースのロゴが入ったスタジャンが似合いそうだった。

男は、咎《とが》めるような険しい顔でユウリを見おろしている。

「なんだ、君は？」

太く轟《とどろ》くような声が男の口から漏れた。

「どこから入ってきた！」

立て続けに責めるような言葉が降ってくるが、ユウリは固まったまま相手の顔をじっと見つめることしかできない。驚きと戸惑いと焦《あせ》りで、言葉が舌の上で凍りついている。

「あ、の」

ようやく出た声も震えて惨《みじ》めな音にしかならず、まさに悪夢を見ているようだった。そのユウリのあまりにも悲壮な表情とそのいでたちを見ているうちに、興奮していた相手も次第に熱が冷めてきたのか、ちょっと毒気を抜かれたようにしゃべるのを中断した。

二人の間に奇妙な沈黙が下りた時、横合いから驚いたような声がかかった。

「おい。お前、まさか、ユウリ？」

懐《なつ》かしい響きだった。

振り返ったユウリは、廊下に並んだ扉の一つから顔を覗かせた人物を見て、我が目を疑う。

長身痩軀《ちょうしんそうく》。長めの青黒髪《ブルネット》を肩に垂らし、切れ長の目の奥で青灰色の瞳《ひとみ》が光る。

「アシュレイ!」

どうしてこの男がここにいるのかという疑問を通り越し、ユウリはその見慣れた姿にホッとする。普段なら不吉このうえない相手の存在を、この時ばかりは地獄で仏に会ったかのように感じてしまった。

「アシュレイ殿は、この少年をご存じで?」

「ええ。知り合いです」

すでにいつものペースに戻ったらしいアシュレイが、扉を出てユウリのほうに歩み寄ってきた。すがるような瞳で見上げてくるユウリを腕の中に引き寄せて、応じる。

「近くに来ていたこいつを、昨晩遅くに連れ込んだんですが」

言いながら、アシュレイの指先が意味ありげにユウリの首筋を撫《な》で上《あ》げた。

「実はこいつちょっと夢遊病の気があって、どうやら寝ているうちにフラフラと歩き出てしまったらしい」

嘘《うそ》のような言い訳を恥ずかしげもなくさらりと口にしてはばからないアシュレイを、ユウリは腕の中からあきれて見上げる。

「近く、というのは?」

当然ながら不審感の消えていない相手が問うのへ、アシュレイがちょっと考えを巡らせるように間を置いた時、「旦那様《だんなさま》」と呼びかける声が彼らの間に割って入った。

三人が振り返った先には、廊下の暗がりから湧《わ》いて出たかのようにフロックコートを着た短軀《たんく》の男が立っていた。

「あっ」

小さく声をあげたユウリは、続けて心の中で叫んでいた。

（ハンプティ・ダンプティ！）

それは紛れもなく、昨日シモンの別荘に招待状を届けにきた男だった。

ということは、ここはあの山上にある城ということになる。シモンの別荘からそう遠くない場所にいると知って、ユウリはひとまず胸を撫《な》でおろした。同時に、昨晩の不可思議な出来事を思い出す。

（そうだ。あいつ……）

ユウリの声でこちらを見た使いの男が、やはり驚いたように言った。

「あ、あなたは！」

「なんだ、サントス。お前もこの少年を知っているのか？」

「あ、はい。旦那様。この方のことは、昨日招待状をお届けしたベルジュ伯爵様のお館《やかた》でお見かけいたしました」

その返事に、アシュレイがそれとわからぬほど小さく舌打ちした。気づかなかったらしい城の主人が、執事から改めてユウリのほうに視線を向ける。

「では、あなたが、ベルジュ伯爵様のご子息で？」

問われて、ユウリは首を振る。

「いえ。その友人で、ユウリ・フォーダムといいます」

遅まきながら自己紹介をしたユウリを、どんより濁った青い瞳《ひとみ》が検分するように眺め回す。値踏みするような不躾《ぶしつけ》な視線は、ユウリの癇《かん》に障《さわ》った。感情がストレートに表面に出てくる人物のようであるが、それが極めてゆがんだ頽廃的《たいはいてき》なものであるだけに、ユウリのように敏感な人間には嫌悪感《けんおかん》を抱かせるのだ。

ベルジュ邸に連絡をとるという間、ユウリはアシュレイのもとに身を寄せることになり、彼に割り当てられた客室に通された。

部屋でユウリのために用意されたコーヒーを飲みながら、アシュレイが改めてユウリをまじまじと観察する。

「まあ、お前のことだから、今さら何を聞いても驚かないけどね」

諦《あきら》めたような口調とは裏腹に、アシュレイの青灰色の瞳は嬉々《きき》とした好奇心に輝いている。

「せめて、どうしてこうなったかくらいは、説明してくれるよな？」

「どうして、と言われても……」

夏とはいえ、山間《やまあい》の朝は冷える。アシュレイに借りた毛布にくるまったユウリは、立てた膝《ひざ》に顔をうずめるようにして呟《つぶや》いた。

「僕にも、何が起こったのかわからなくて」

「へえ、そりゃまた、なんで」

なんといっても、アシュレイは楽しそうだ。そんな相手を恨めしげに見やって、ユウリは大仰にため息をつく。

「どうもこうも……、昨晩は確かにシモンの別荘の部屋で眠って、夜中にあいつに起こされて、気がついたらここに――」

「あいつ？」

ユウリの説明を遮って、アシュレイが訝《いぶか》しげに問う。

「あいつって？」

「…………」

困ったように視線をそらせたユウリに、アシュレイは眇《すが》めた目を向けた。

詳しい話をしたくないらしい。おそらくシモンより先に情報を与えることをはばかっているのだろうが、アシュレイははなはだ気に食わなかった。さっきは世の中に頼れるのはアシュレイだけという目ですがりついてきたくせに、もう離れた場所にいる優雅な貴族のことを考えている。それをまったく無意識に態度に出すあたりが、小憎らしい。

アシュレイは、コーヒーの入ったカップをその辺に置いて、音もなくユウリのそばに歩み寄った。落ちた影に気づいて逃げようとしたユウリを、ベッドの上に押し倒す。慌てるユウリを難なく押さえつけて、真上から見据えた。

「なあ、ユウリ」

艶《つや》のある笑いを浮かべ、アシュレイが言う。

「俺は、いささか退屈していてね。この際だから、高慢ちきなお貴族サマが迎えにくるまでの間くらい、お前と楽しみたいわけだ。まあ、その楽しみ方にはいろいろあって、話を聞くだけでも俺としては十分楽しめるんだが、お前が話したくないって言うのならばしようがない、ウェルダンに言った嘘《うそ》を事実にするしかないってことになる」

意向を尋ねるように「ん？」と顔を覗《のぞ》き込《こ》む相手の本気ともとれる声音に、ユウリは急いで首を振った。

「わかった、アシュレイ。ちゃんと話すから、どいて、重い！」

まくし立てるユウリを見て、喉《のど》の奥で楽しげに笑ったアシュレイが、意外にあっさり身を引く。よろよろと起き上がり呼吸を整えたユウリは、すでに最初の位置まで戻って何事もなかったように残りのコーヒーを口にするアシュレイに、我知らず嘆息した。なんとも摑《つか》みどころのない人間だと改めて思うかたわら、すぐに振り回されてしまう自分が情けなくなる。少なくとも、この点だけはシモンの杞憂《きゆう》は杞憂でないかもしれない。

「それで？」

白々しく続きを促すアシュレイに、ユウリは唇をとがらせ拗《す》ねたように話し出す。

「……仔馬《こうま》です。真っ白な」

アシュレイが、ゴホッとむせた。意図したわけではなかったが、それを見てユウリはちょっと溜飲《りゅういん》を下げる。

「ウマァ？」

さすがに思ってもみなかったようで、アシュレイは思いっきり変な顔をしてユウリを見やった。そんなアシュレイに、ユウリは順を追って昨夜の体験を話して聞かせる。

「疾走する馬ねえ……」

面白そうに耳を傾けていたアシュレイが、何か思うところがあるように言う。

「角は生えてなかったのか？」

「角？」

不思議そうにユウリが訊《き》き返《かえ》した時、軽いノックが聞こえ、サントスと呼ばれた執事がベルジュ家からの迎えが到着したと報告した。

「じゃあ、アシュレイ。助けてくれてありがとう」

あからさまに嬉《うれ》しそうな表情をしたユウリを苦々しく見やったアシュレイは、戸口まで送り出しながら背中に向けて声をかける。

「ああ、また後で、な」

「えっ」と驚いて振り返ったユウリを、手で払うように追いやる。首を傾《かし》げながら歩き去るユウリを見送ったアシュレイが踵《きびす》を返して部屋に入ろうとすると、横合いから誰かに声をかけられた。

「失礼ですが、コリン・アシュレイ殿とお見受けいたしますが？」

閉じかけた扉にもたれて胡散臭《うさんくさ》そうな目を向けたアシュレイの前には、鷲鼻《わしばな》に丸い小さな銀縁眼鏡《ぎんぶちめがね》をかけた品のいい紳士が立っていた。知的な雰囲気を漂わせた男であるが、眼鏡の奥で薄緑色の瞳《ひとみ》が冷たい光を帯びているのを、アシュレイは見逃さない。

「ああ、そうだが、あんたは？」

「申し遅れましたが、私、ショーン・シンクレアと申します。以後お見知りおきを願います」

「シンクレア？」

その名前に心当たりでもあるのか、驚いたように反芻《はんすう》したアシュレイは、すぐに相手へ嘲笑《ちょうしょう》を浴びせた。

「気に入らないね」

「は？」

アシュレイの放つ毒を変わらぬ穏やかな態度で受け止めて、相手が問う。

「何か、失礼を申しあげましたか？」

「別に。だが、こっちは見たとおりの若輩者だ。あんたのように名の売れた紳士の目にとまる覚えはない」

若輩者の態度とも思えぬぞんざいな物言いだが、シンクレアと名乗る紳士は一向に気にしたふうもなく会話を続ける。

「それはご自分を過小評価なさっていらっしゃる。この数年であなたの名前は、猟書家の間ではすっかり有名になっていますよ。ヨーロッパのみならず中国まで広がるネットワークを持つ商家の後継ぎで、その膨大な財産を惜しみなく使う。子供とも思えぬ博識さと大胆さに加え、子供らしい無謀さで欲しいと思った本は絶対に逃さない。その判断の的確さと度胸のよさは、辣腕《らつわん》のハンターたちも舌を巻いているそうですから」

「それこそ、過大評価だ。俺は目の前の宝に手を伸ばすだけさ。子供だからな。それで、用件はなんだ？」

とりつくしまもないと判断したのか、シンクレアはすぐ本題に入った。

「いえ、お訊《き》きしたかったのは、あの少年《エンディミオン》のことです。長いお付き合いですか？」

そう言ってユウリの去っていったほうを見やった相手に、アシュレイの青灰色の瞳《ひとみ》が細められる。黙ったままでいたアシュレイは、シンクレアが訝《いぶか》しげに振り返った瞬間を見計らって、「あんたには関係のないことだ」と言って扉を閉めた。

後に残されたシンクレアは、芝居じみた大仰さで肩をすくめると、クルリと向きを変えて来たほうへ戻っていく。その顔にはひどく酷薄な笑いが浮かんでいた。

一方、サントスに続いて暗く長い廊下を歩いていたユウリは、屋根つきの階段を下りて広くなった玄関ホールにシモンのすらりと端麗な姿を見いだすと、人目も忘れて駆け寄った。わずかに開いた明かりとりの窓から入る太陽の光を浴びて、シモンの淡い髪が白く輝いている。灰色に沈むこの城の中では、シモンの輝きは神々《こうごう》しいほどだ。

「シモン！」

振り向いたシモンが、澄んだ水色の瞳《ひとみ》に驚愕《きょうがく》の色を浮かべる。

「シモン、ごめんね。いろいろあって――――」

勢いづいて止まり損ねたユウリを抱きとめながら、シモンが指を立ててユウリの口を塞《ふさ》いだ。

「話は後で聞くよ」

耳元で囁《ささや》くように言ってから、並んで立っていたウェルダンに向き直る。朝だというのに一分の隙《すき》もなく身なりを整えたシモンは、一言二言、優雅に挨拶《あいさつ》をすませてさっと身を翻《ひるがえ》した。

そこへ、ウェルダンから声がかかる。

「ああ、そうそう。ベルジュ様」

撫《な》でるような声音に、シモンは嫌な気分で振り返った。

「昨日お断りがありましたが、せっかくこんなふうにお近づきの機会もあったことですし、今宵《こよい》の晩餐会《ばんさんかい》にはぜひお二人でお越しください。滞在の客たちも、ベルジュ伯爵家の次期当主がそばにいるということで色めき立っていますし、来ていただけなければ私も主人として立つ瀬がない」

口髭《くちひげ》を撫でながら抑揚の激しい米語で誘う口調には、こうして面倒をかけたのだからこちらの顔を立てて参加しろというニュアンスが感じられる。脅しに屈するのは好きではないし、品位に欠ける男と付き合う気もさらさらなかったが、さすがにユウリの一件がある手前、無下に断るわけにもいかなかった。

シモンは、ユウリの艶《つや》やかな黒髪を見おろしてから、仕方なく承諾した。

「わかりました。後ほど伺わせていただきます」

「そうですか。そりゃあ、よかった」

フットボールの選手のようにごつい身体《からだ》を丸め、ウェルダンがシモンの手を両手で握って振り回す。

「いやあ、これで私も鼻が高い。どうぞ、七時には始めますので、それまでにいらしてください。ああ、よかったよかった」

　ユウリは、その様子を見ていて驚きを隠せない。大の男が、自分の半分も年のいかない子供相手に、こんな態度をとれるものなのか。自分の主催するパーティーに誰が参加するかという問題で一般の人間がこれほど左右されるというなら、セント・ラファエロにおいて自治会の代表メンバーの顔ぶれを、みんながあれこれ取りざたするのも仕方がないことなのかもしれない。

　車に戻ったところでシモンにそのことを言うと、「ああいうのは、典型的な成り上がり者だよ」と辛辣《しんらつ》な一言を発する。

「ブランド品で身を固めて自分のファッションセンスを自慢する愚かしい人間は、ごまんといる。彼もその一人だね」

　珍しく手厳しいのは、やはりシモンもあの男が好きではないのだろう。

「そんなことより」

　シモンは水色の瞳《ひとみ》を和らげて、心配そうにユウリを見た。

「さっきは、心臓が止まるかと思ったよ」

　真剣な口調で言われ、ユウリは居たたまれなくなって視線をそらした。

「僕はてっきり、散歩にでも出かけた君が迷子になったのだとばかり思っていたんだ。それが、そんな無防備な格好で現れるものだから、何事があったのかと驚いた。どうやら怪我《けが》もしていないようだし、大事には至っていないみたいでよかったけど……」

　そこでシモンが安堵《あんど》のため息を漏らす。

「ごめん、シモン。すごく迷惑をかけちゃって」

「そんなことは気にしなくていい。ただ、何がどうなってこういう結果になったのかは聞かせてくれるね？」

　頷《うなず》いたユウリは、そこでアシュレイのことを思い出す。

「そういえば、ウェルダンのお城で、アシュレイに会ったよ」

「なんだって《パルドン》⁉」

　シモンは心底驚いたらしく、身を乗り出してユウリを見つめた。

「だから、アシュレイが……」

　言い直したユウリを手で制して、その手を額に当てる。

「信じられない《セ・タンクロワイヤブル》」

「うん。僕も、驚いたけど、迎えが来るまで一緒にいてくれたし、何よりあの場にアシュレイが居合わせなかったら自分がどうなっていたかわからないから、今度ばかりはちょっと感謝しているけど……」

　説明するユウリを複雑な表情で眺めやり、車のシートにもたれこんだシモンは、前髪をかきあげて大きなため息を漏らす。

「まずったな」

あの場でユウリの口を止めたのは自分であるが、今となってはそれを後悔する。

「それを知っていたら、ウェルダンの招待なんか絶対に受けなかったのに……」

第三章　地下室の享楽

1

鬱蒼《うっそう》と生い茂る木々の間を、細く険しい山道が続く。急なカーブをベルジュ家の車が器用に進んでいく先に、鼠色《ねずみいろ》に沈む城塞《じょうさい》の姿が浮かび上がってきた。暮れなずむ空を背景にカラスの群れが城まわりを飛び交う光景は、見る者を中世の暗く寂しい世界へと否応《いやおう》なしに引きずり込んでいく。

不安げな面持ちで窓の外へ視線を投げていたユウリが、気分を変えるように頼もしい同乗者を振り返った。

「朝はあまり気づかなかったけど、ずいぶん殺風景なお城だよね」

ベルジュ家の執事であるゴードンの話では、一時かなり大がかりな改装工事が入ったということだったが、こうして近づいてみても外観にさほど手を入れた形跡はない。

「まあ、城が生活空間として装飾過多となっていくのはルネッサンス以降だから、それまでの城は、ひたすら戦闘において有利になるよう考えて造られているのだろうね。特に中世初期に建てられたというこの城に、その傾向が顕著なのは確かかな。外観はそのままとしても、内装には力を入れたのだと信じたいけど……」

シモンの言葉に、ユウリは諦《あきら》めたように首を振る。城の主要な廊下を見たかぎりでは、とてもそんな期待は持てそうにない。

そんな会話を交わすうちにも、車はウェルダンの待つ城に到着する。

ユウリが驚いたことには、頂上の木々が開けた狭い空間には、三メートルを超す胸壁が行く手を遮るようにそびえ立っていた。しかも朝は車から後ろを振り向くことをしなかったせいで気づかなかったが、正面の城門から下りた跳ね橋が、その狭い空間と胸壁の間にある深い渓谷との間を渡している。なんとも頑強に来訪者を牽制《けんせい》する造りであるが、ベルジュ家の車は躊躇《ためら》いもなく跳ね橋を渡り、城門の中へ乗り入れた。

そこは、今朝方シモンと再会した玄関ホールに続く小さな前庭だった。降りてみると、玄関から屋根つきの階段がのびて数メートル高くなった城内へと上がっていくようになっている。案内の者に続いて階段を上がると、南北に塔を持つ城壁に囲まれた城の内部に出てきた。左手の奥に北側の塔と教会堂を見ながら、夕闇《ゆうやみ》に松明《たいまつ》の焚《た》かれた幻想的な庭園を通り、二人は窓から明かりが漏れる大きな居館へと連れてこられた。

庭から直接上がる幅広の階段で二階の大広間に通されると、そこで到来の客人を紹介する声が響き渡った。

「シモン・ド・ベルジュ様、ユウリ・フォーダム様、お着きでございます」

すると五十人ほどが集《つど》う部屋でひときわ大きなざわめきが起こる。好奇心いっぱいの雰囲気にすっかり呑《の》まれてしまったユウリに対し、シモンは堂々と落ち着き払った足取りで人々の間を歩いていく。

出迎えた主人役のウェルダンとにこやかに挨拶《あいさつ》をすませる間、横に立ったユウリは、いつもより数段大人びて見える友人をぼんやりと見上げていた。

淡い金髪をオールバックに撫《な》でつけ秀《ひい》でた額をあらわにしたシモンは、こげ茶と水色が幾何学模様を織り成すスタンドカラーのデザインジャケットを身にまとっている。それがすらりとした長身のシモンにはよく似合い、まるでパリコレのモデルが歩いているかのように人目を引いた。

それに引き換え自分は、と自らを顧みてユウリは落ち込む。

突然のことでスーツの持ち合わせなどなかったため、シモンが調達してきたペパーミントグリーンの踝《くるぶし》までのズボンにセーラーカラーでボタンレスの洒落《しゃれ》た白いコットンブラウスというシンプルでいささかかわいい格好をしている。車に乗ってから、それがシャルロットの服であると聞かされ、ユウリは絶句した。傍目《はため》には、ユウリの中性的な魅力が十二分に引き出された見事なコーディネートであるのだが、本人にしてみれば複雑な心境である。とはいえ、ほかに着る服もないことであるし、後はひたすら早く帰れることを願うのみだった。

服装のこと以外でも、元公爵夫人だの男爵夫人だのという外国の有閑マダムが寄ってきては、シモンの紹介を求めながらあだな流し目を送るのもあまりいい気がしない。「あちらにもご参加なさるのかしら」と含みを持たせた訳のわからぬ質問をしてしなをつくる奥方もいて、ウェルダンが慌てて抑える様子も少し変だった。

広間を覆う金箔《きんぱく》を多く使った壁画といい、薫《た》かれた香の独特な匂《にお》いといい、どうもこの集会が好きにはなれないことも、ユウリが早く帰りたいと思う原因だ。

それはシモンも同じらしく、きつい香水を利《き》かせたどこかの大富豪の未亡人がやっとのことで離れていった時、珍しく聞こえよがしのため息をついた。

「お疲れのようですねえ」

嫌みだか本気だかわからぬ声で、ウェルダンが言う。表情を窺《うかが》えば、ご婦人の興味を一身に集めている高雅な貴族に対する羨望《せんぼう》の色がある。

シモンは、バカバカしさのあまり失礼を承知で帰ろうかと思う。それには、何人かの下《げ》種《す》な男たちがユウリに目をつけている様子であるのに気づいたという事情もある。いったいここはなんの集まりなのかと、シモンは真剣に考えていた。表面を取り繕った紳士淑女たちが、折にふれて見せる淫蕩《いんとう》な気配。有閑階級特有の堕落を好む空気が、この部屋全体に流れている。むざむざと招待を受けてしまった自分の浅はかさが、今は恨めしい。

「ああ、そういえば、忘れていましたよ」

ほかへ呼ばれ中座する失礼を詫《わ》びたウェルダンが、一度背を向けた身体《からだ》を戻して、シモンに言った。

「アシュレイ殿とは、お知り合いだそうですね。捜して声をかけておきましょう」

「ああ」

シモンは気のない返事をする。聞きたくない名前とはいえ、ここにいる人間と話すよりマシかという思いもあって、胸中はなかなか複雑だった。

「参ったな」

二人になった隙《すき》をついて、シモンが正直な感想を漏らす。ユウリが、問うような目で見上げた。

「ここの連中だよ。胡散臭《うさんくさ》いのばかり揃《そろ》っている」

シモンが鋭い視線を周りに投げた時、向こうの人の輪から見知った顔が抜け出してこちらに歩いてくるのが見えた。長身瘦軀《ちょうしんそうく》の姿で飄々《ひょうひょう》と歩いてくる男は、嫌みなほど楽しそうな顔をしている。

「よお、大変そうだな」

軽い口調で挨拶《あいさつ》するのは、言わずと知れた「魔術師」の異名を持つコリン・アシュレイ。ただしその軽さとは裏腹に、珍しく前髪からぴっちりと梳《す》き上《あ》げた髪を後ろで固く結わえ、光沢のある黒に鮮やかな鳳凰《ほうおう》の刺繍《ししゅう》が施されたチャイナ服を着た姿は、どう見ても中国マフィアの若き幹部にしか見えない。それまでずっとこちらの様子を観察していたらしく、アシュレイは一重の細い目をさらに細めてニヤニヤ笑う。

「どうも。妙なところでお会いしますね」

「まったくだ」

それから、ユウリに目を移して、言う。

「お前とは、さっき会ったばかりだな」

「え、うん。――――あ！」

ふいにユウリが、驚いたようにアシュレイを見上げた。別《わか》れ際《ぎわ》に「また後で」と手を振ったアシュレイは、どうしてユウリたちが来ることを知っていたのだろうか。そのことに思い至ったのだ。

「なんで、アシュレイが」

みなまで言わせず、アシュレイが得意げに遮る。

「いや、俺は親切な男なんでね」

ユウリからシモンに目を移し、ザマーミロと舌でも出しそうな調子で言う。

「この先ヨーロッパで商売を展開するつもりならベルジュ家との付き合いがどれほど大事か、ウェルダンの野郎に懇切丁寧に教えてやっただけのことさ。手始めに、招待状の書き方とか、な」

つまり、すべてはアシュレイがお膳立《ぜんだ》てしたというだけのことである。シモンは頭が痛くなってくる。

「それは本当にご親切なことで。感謝状でも出しましょうか？」

物腰は相変わらず優雅だが口調にいつもほど覇気がないシモンの様子に、アシュレイは驚いたように眉《まゆ》をはね上げた。

「……まさかと思うが、お前、本気で参ってないか？」

シモンはため息をついて、応じる。

「そう思うなら、放《ほう》っておいてくれませんか」

とたん、アシュレイがゲラゲラと笑い出した。

「だらしない。いいところの坊ちゃんは、これだから困る。な？」

ユウリに相槌《あいづち》を求めると、ユウリは「困らない」と断言する。アシュレイはユウリの頭の上に手を置いた。

「怒るなよ、ユウリ。これもちょっとした親切心だ」

「どこがです」

あきれるユウリに、アシュレイは懐柔するように腰を曲げて顔を覗《のぞ》き込《こ》む。

「本当だって。今晩、ここでちょっとしたお宝公開がある。フランスのこんな片田舎まで来て、目の前にある宝を見逃す手もないと思わないか？」

「宝？」

ユウリはちょっと興味を引かれて訊《き》き返《かえ》す。隣でシモンが首をひねった時、横から第三者の声が割って入った。

「お楽しみのところを申し訳ありませんが」

三人がいっせいに振り返ると、丸い銀縁《ぎんぶち》の眼鏡《めがね》をかけた鷲鼻《わしばな》の男が立っていた。独特の香りがする葉巻を片手になめらかなクイーンズ・イングリッシュで話し、見た目も知的で品のいい紳士である。

しかし振り向いたアシュレイは、一瞬で顔から笑みを消した。

「アシュレイ殿。私にこの方々をご紹介願えないでしょうか？」

無表情になったアシュレイの目の奥で、青灰色の瞳《ひとみ》が挑むように光る。明らかに温度を下げたとわかるアシュレイの様子を、シモンは横目に捉《とら》えて心にとめる。それから何も言わないアシュレイに代わり、穏やかに会話を繋《つな》げた。

「失礼しました。こちらから先にご挨拶《あいさつ》申しあげましょう。シモン・ド・ベルジュと申します」

「これはどうもご丁寧に。私はショーン・シンクレアです。先ほどからお近づきの機会を狙《ねら》っておりましたが、ようやくこうして見《まみ》えることができて、光栄に存じます。それで、ウェルダン殿とはどういったご関係で？」

「別に、これといってありません。別荘が近くにあるよしみでこうしてご招待に与《あずか》っただけです」

「なるほど、そうでしたか。……で、こちらは？」

そう言ってシンクレアと名のる男は、ユウリを見た。さりげなさを装《よそお》っているが、明らかにこれが目的と思われる強引さに、別に意図して紹介を避けたわけではなかったシモンも、わずかに眉《まゆ》をひそめる。

「……友人の、ユウリ・フォーダムですが」

「そうそう、ユウリくんだったね。初めまして、シンクレアです」

シモンに紹介され、慌てて差し出された手を握ったユウリは、直接話しかけられて戸惑いながら応じた。

「どうぞ、よろしく」

ほんのりと頰《ほお》を染めながらうつむきかげんに挨拶《あいさつ》するユウリを、眼鏡《めがね》の奥から薄緑色の瞳《ひとみ》が検分するように見つめた。

「存在せぬ獣、か」

シンクレアは謎《なぞ》めいた言葉を呟《つぶや》いて、なおもユウリに話しかける。

「失礼ですが、お父様は、生命工学の権威でいらっしゃるフォーダム博士では？」

「えっ」と顔をあげたユウリを、シンクレアがまだ見つめている。穏やかな雰囲気を漂わせてはいるが、そのガラス玉のように虚《うつ》ろな薄緑色の瞳《ひとみ》を見た時、ユウリの中に相手に対する警戒心のようなものが湧《わ》き上《あ》がった。

「そうですが……、父をご存じなのですか？」

「直接は存じあげませんが、業績の数々は聞き及んでいますよ。一応これでも学問に奉仕する身分なもので……」

「へえ、何を――」

ユウリが言いかけた時、晩餐《ばんさん》の準備が調ったと告げる声がして、人々がぞろぞろと奥のテーブルへ動き出した。

「ああ、それでは。また後ほどゆっくりお話ができたらと思います」

シンクレアは、今でははっきりユウリだけにその言葉を残し、後はおざなりな挨拶《あいさつ》をませて歩き去っていった。

呆然《ぼうぜん》とするユウリの頭上で、苦々しい表情のシモンがアシュレイに問う。

「何者です？」

「聞いただろ。ショーン・シンクレアって学者だ。かなり有名な中世史学者だな。十字軍を中心にキリスト教史を得意としていて、何冊も本を出している。おそらくお前だって何かしら読んだ覚えがあるはずだぜ」

ちらりとこっちを見て言う相手に、シモンはちょっと考え込んだ。

「それで？」

「ああ？」

続きを促すようなシモンの問いかけに、今度はアシュレイが眉《まゆ》をひそめる。

「それでってのは、なんだよ？」

「言葉どおりです。たかが学者ごときに、あなたがあれほど神経質になるとは思えませんからね。かなり露骨でしたし、相手のお稚児《ちご》趣味でも気にしているのかとも思いましたが……、それ以外にも何かあるんじゃないかと」

ユウリを中に挟んで歩き出しながら、二人は話を続けている。シモンの指摘に、しばらく黙り込んでいたアシュレイが、片手をあげて降参する。

「まあ、確かにお稚児趣味ぐらいならまだかわいげがあっていいんだがね……。あの男、今朝からユウリに目をつけていて、しかもユウリを指して『エンディミオン』とかぬかしやがった」

「エンディミオン？」

シモンが不愉快そうに訊《き》き返《かえ》す。月の支配者である処女神ディアナに愛された永遠の美青年になぞらえて、相手が何を言わんとしているのかが気になる。

「しかもだ。俺も確かなことを知っているわけではないんだが、あの男にはちょっとした噂《うわさ》がある」

「なんですか？」

「位階の保持者である、と」

「位階の保持者――」

シモンの聡明《そうめい》な水色の瞳《ひとみ》が翳《かげ》る。

「宗教結社か。なんという組織です？」

仕事の都合上、シモンの父親も宗教系の組織には気をつけるようにしている。彼らはどんな顔を装《よそお》って近づいてくるかわからないので、シモンも幼い頃からいろいろと注意を促されてきた。そのため興味とは別の見方で、その方面の知識は豊富だった。

「それがわからない。誰もが彼をある重要な称号の保持者だと噂するんだが、その実なんの組織だか知らないんだ。変だろう。ここで会って、俺も驚いたくらいだ」

晩餐《ばんさん》のテーブルの手前で立ち止まり、正面からシモンと向き合ったアシュレイが声を落として言った。

「もっとも今日のお宝に興味を示したということで、逆にヒントを渡されたようにも思うが、今の段階ではなんとも言えねえな。ただそんなだから、シンクレアがどういうつもりでユウリをふざけた名前で呼ぶのかは知らないが、用心するに越したことはない。この手の人間には、時として信じられないような狂信者がいたりするからな」

それを聞いたシモンが苦笑する。ユウリを使って召還魔術を行ったことがあるアシュレイに、言えたことだろうか。澄まし顔で「蛇の道は蛇」と呟《つぶや》いてアシュレイに睨《にら》まれたシモンは、気分を変えるように訊《き》いた。

「そういえば、先ほどは話が途中になりましたが、そのお宝というのはいったいなんです？」

「聞いてないか？」

「ええ」

それまで二人のやりとりを黙って聞いていたユウリも、興味津々《きょうみしんしん》の様子でアシュレイを見上げる。

「招待状に添えられた説明では、かつての十字軍が持ち込んだというエルサレムの秘宝だそうだ」

「エルサレムの秘宝？」

反芻《はんすう》するシモンに応じて、アシュレイの青灰色の瞳《ひとみ》が妖《あや》しい光を帯びる。

「そう、サングラール。つまり、聖杯だよ」

その言葉が漏れた瞬間、窓の外で目を焼くような閃光《せんこう》が走り、すぐに大地をえぐるような雷鳴が轟《とどろ》いた。突然のことに驚いた三人の耳に、やがて滝のように降り出した雨の音が聞こえてきた。

2

晩餐《ばんさん》が終わりに近づいた頃、主人役のウェルダンがもったいぶった態度で一つの美術品を披露した。

エルサレムの秘宝といわれる聖杯である。

覆いをかけて運ばれてきたその宝物を見たユウリは、「あっ」と小さく声をあげる。

それはほかでもない、ユウリが最初に城の中で目にしたあの金で細工が施された象牙《ぞうげ》の酒杯だったのだ。

七色の輝きを放つ象牙の肌がなめらかな艶《つや》を帯びているさまは、息を呑《の》むほど美しい。灯火を映して金の輪が時々光るのも聖杯という名前に相応《ふさわ》しく、見る者を幻想の世界へと誘《いざな》うような効果があった。事の真偽は別にして、これは美術品として非常に価値があるものだった。

酒杯を見せながら、ウェルダンは、これこそがまさに多くの人々が探し求めている聖杯にほかならないと主張した。何故《なぜ》なら、酒杯を支える台座部分には、『ダビデの家に立つ救いの角』という銘がラテン語で刻み込まれているからだというのだ。

これを見つけたのは、この城の主塔にあった開かずの宝物庫であり、明らかに十字軍が持ち込んだと思われる幾つかの財宝とともに隠されていたというのである。

説明を聞いた列席者の間に、異常なほどの興奮が巻き起こった。

「そんなはずはない！」

「違うわ。聖杯は、大皿なのよ」

「ああ、でももしそうなら、すごいことですわ！」

「いや、しかし、あれはアリマタヤのヨゼフが……」

口々に言い立てる言葉が、テーブル越しに飛び交う。蜂《はち》の巣を突ついた騒ぎとは、まさにこんな状態をいうのだろう。それまで比較的和やかに進んできた会食の席が一瞬にして喧喧囂囂《けんけんごうごう》たる議論の場と化し、誰もほかの人間の意見に耳を貸さなくなった。もともと紳士淑女というにはどこか頽廃的《たいはいてき》な匂《にお》いのする集団であったが、それなりに装《よそお》った老若男女《ろうにゃくなんにょ》が目の色を変え口角泡を飛ばすさまは、上流階級の社交場というよりブロッケン山で行われるという異端の集会《サバト》を思わせる荒々しさだった。

すっかり怯《おび》えてしまったユウリは、あきれを通り越していつもの穏やかな調子に戻ったシモンに「コーヒーを飲み終わったら帰るよ」と囁《ささや》かれた時は、心底ホッとした。それで慌てて手元のコーヒーに口をつけたのだが、そこへ執事のサントスが来て、「城からさがる道が豪雨で通れなくなったので部屋を用意させました」と告げたので呆然《ぼうぜん》としてしまった。

「通行止め？」

シモンが、不審感もあらわに訊《き》き返《かえ》すと、サントスは気の毒なほど小さくなって「申し訳ありません」と謝罪する。

「二か所ほど、急な坂になっているところが滝のような状態になっておりまして、暗さもありますし、車で通るのは危険かと……」

シモンは、思案顔になる。水色の瞳《ひとみ》が気遣《きづか》わしげに自分のほうに流れたのを見逃さなかったユウリは、「せっかくこう言ってくれているし、シモンさえよかったらここに泊めてもらおう」と申し出た。

「ユウリは、それでいいのかい？」

シモンに問われ、ユウリは躊躇《ためら》いなく頷《うなず》く。嫌だと言えばシモンは配下の人間に無理をさせてでも連れて帰ってくれるだろうが、悩むということ自体、それがかなり無謀なことだとシモンが考えている証拠だからだ。

しかし、シモンの了承を得たサントスがさがっていく姿を目で追うユウリの中で、急速に不安が広がっていく。

（足止めされた？）

そう思うのは、自分の気のせいだろうか。

しかしここに来てからずっと、闇《やみ》の奥底から呼んでいる強い念のようなものを感じていたユウリは、ひそかに背筋を震わせる。

（無事に帰れるといいけど……）

湧《わ》き起《お》こる不吉な予感を振り払うように、ユウリはどこにいても輝きを失わない神々《こうごう》しいシモンの姿を見上げた。

晩餐会《ばんさんかい》が終わり三々五々散った人々に倣《なら》い、ユウリはシモンと連れ立って大広間の中を散策して歩くことにした。壁画を見ながらシモンが時々解説をつけてくれるが、そこに何か異なるものでも見いだしているのか、いつもほど歯切れがよくない。

その後二人は、列席者たちが鑑賞できるようにウェルダンが中央のテーブルに展示した聖杯にも近づいていく。

「ねえ、シモン。基本的なことを訊《き》いてもいいかな？」

「もちろん。僕に答えられることならね」

快い承諾を得てからもしばらく躊躇《ためら》っていたユウリは、ウェルダンが熱をこめて聖杯と断言した物の前に立って、ようやくおずおずと切り出した。

「……あのさ、聖杯って、何？」

テーブルに顔を寄せようとしていたシモンが、ちょっとびっくりしたようにユウリを見返った。その様子を見てあまりにも愚かしい質問だったかと恥じ入ったユウリに、シモンはあきれたような声で言った。

「それはまた、ずいぶんと難しい根源的な質問をするね」

「えっ、難しいの？」

「それはそうだよ。だって、正体がわからないからこそ、みんなが血眼になって探しているのだからね」

ユウリは、混乱したように首を傾《かし》げる。

「正体がわからない物を探しているの？」

「単純に言うと、そうなるね」

軽く肯定したシモンは、そこで象牙《ぞうげ》の酒杯に目を移す。

「ユウリは、聖杯と聞いて何を連想する？」

「えっと、なんだろう。最後の晩餐《ばんさん》でキリストが使った杯かなあ」

「ほかは？」

シモンは、角度を変えて酒杯を観察しながら問いを重ねた。

「アーサー王伝説？　あの中で騎士たちが聖杯を探しにいくよね」

「うん、そうだね。それだけ知っていれば十分だと思うけど？」

目の前の美術品に熱中しているせいか、いつになくそっけないシモンに、ユウリは唇をとがらせる。すると、見てもいないくせに、シモンが笑いを含んだ声で「何が不満？」と訊《き》いてきた。慌てて唇を一文字に結び直したユウリだが、今は自分より下にあるシモンの理知的な横顔を不思議そうに見つめた。時々、シモンには後ろにも目があるのではないかと思うユウリである。

「だって、よくわからないんだ。アーサー王伝説の聖杯と、キリストの聖杯は同じものなのかな？」

「さあ、どうだろう」

シモンは、あまり興味がなさそうに応じる。

「どうだろうって、どういうこと？」

「そのままだよ。僕は知らないということさ。どっちでもかまわないしね」

「……それは、違う可能性もあるって聞こえるけど？」

呟《つぶや》くようなユウリの言葉を聞いたシモンは、腰を折った姿勢のまま澄んだ水色の瞳《ひとみ》をあげる。同時に唇から小さくため息が漏れた。

「妙に勘が働いているね。それってつまり、ユウリが無意識に解答を欲《ほっ》しているということなのかな」

知らないと首を傾《かし》げるユウリに、シモンは姿勢を戻し観念したように話し始めた。

「現在のアーサー王伝説は、十二世紀にクレチアン・ド・トロアがまとめ上げたものが主流となっている。十二世紀といえば、すでにヨーロッパではローマ・カトリックが民衆レベルまで浸透している頃だ。当然、騎士たちが求める聖杯は、キリストに由来するものとして描かれる。例えば十九世紀になってブルフィンチがまとめた『中世騎士物語』では、キリストを埋葬したアリマタヤのヨゼフが、キリストから授かった杯とキリストを刺した槍《やり》とを一緒くたにしてヨーロッパに持ち込んだとされていたはずだよ。ただし今言ったように、これらはあくまでも十二世紀以降のものであって、それ以前、もともとアーサー王伝説の起源となったケルトの伝承では、それは切り落とされた首をのせた大皿とも言われているんだ。異教とされるケルト神話には、死者を蘇《よみがえ》らせる力を持ったダグザの大釜《おおがま》という神器があって、そこに聖杯の起源を求めようとする人もいる。まあなんにせよ、神の力に魅せられた人間の幻想だと僕は思うよ」

「切り落とされた首か」

ユウリが感慨深げに呟《つぶや》いた時、いつの間にか音もなく背後に忍び寄っていたアシュレイが二人の話に割り込んできた。

「サロメが取ったヨハネの首って説もあるぜ？」

「えっ？」

びっくりして振り返ったユウリを腕の中に巻き込んで、アシュレイは続ける。

「大皿にのった首の話だよ。聖杯に関する異説には、輝ける光とともに入ってくるのは、血だらけの首、つまりヨハネの首という説もあるんだ」

「首だけですか？」

「そう。なかなか壮絶だろう？」

「まあ。でも、確か日本の武将にもいましたよ、そんな人が」

おどろおどろしい話を意外に平然と聞き流したユウリが、逆に興味深い話を二人に聞かせた。

「平将門《たいらのまさかど》といって、紀元十世紀頃に彗星《すいせい》のごとく現れた人ですけど、切られた首が空を飛んだそうです。霊的に恐ろしく力のある人だったらしくて、今でも東京のド真ん中に首塚があって、その周りのビルで働く人たちは決してそっちに背を向けないと聞いたことがあります。もちろん真偽を確かめたわけではないですけど……」

「へえ。なかなか興味深い話だな」

アシュレイが本気の声で言う。青灰色の瞳《ひとみ》を輝かせた相手に、ユウリは本題からそれるのを危惧《きぐ》して話を戻した。

「僕の話は置いといて、アシュレイの言ったヨハネっていうのは、何をした人でしたっけ？」

とたん、アシュレイが憐《あわ》れむような視線をくれる。

「……お前、本気か？　新学期からはもっと勉強しろよ」

真っ向からバカにされ、忍耐力のあるシモンに慣れていたユウリは、ヒヤッとして首をすくめた。

「サロメに切り取られた首と言えば、ザカリヤの息子、洗礼者ヨハネに決まってんだろ」

そう聞いてもよくわからず、慌てて聖書の内容を思い出すように瞳《ひとみ》をあげたユウリを見て、シモンが横から補足する。

「荒野で、主の道を整えよ、と叫んだ人だよ。水で洗礼《バプテスマ》を施して、イエスを救い主として聖別した。ダ・ヴィンチなんかが、好んで題材に取り上げている人物だ」

そこまで言われてようやく納得したらしいユウリに、付き合っていられないとばかりに首を振ったアシュレイは、象牙《ぞうげ》の酒杯を示してシモンに言った。

「そういや、これもザカリヤだろ」

「ダビデの家に立つ救いの角――。ヨハネが生まれた時の預言ですね。でもラテン語で書かれているということは、少なくとも五世紀になってからのものですよね」

「この台座のほうは、そうだ。しかし必ずしも台座と酒杯が同じ時期に作られたというわけではないからな。問題は酒杯のほうだろう」

そう言ってアシュレイが示したのは、酒杯を装飾する金の輪である。縁と真ん中と先端に近い部分に金の輪がはめられ、その上に幾つか文字が刻まれているのだ。

「ギリシャ語……ですね」

「ああ。古代ギリシャ語だと思うが、読めるか？」

訊《き》かれて、シモンは顔を近づける。

「一段目は、聖書ですね。ラテン語と同じザカリヤの預言の部分。ということは、台座はこれを訳したにすぎないわけだ。二段目は、磨耗していてほとんど読めませんよ。三段目は、かくして……」

　目を細めて読みあげようとしていたシモンは、そこで気づいたように背筋を伸ばした。冷ややかな瞳《ひとみ》でアシュレイを睨《にら》む。

「噂《うわさ》が本当なら、確かプラトンを原書で読みあげて、哲学の時間に教授を泣かせたという逸話をお持ちでしたよね？」

　ここであえて自分が読む必要のない事実を示唆すると、アシュレイはヒョイと肩をすくめて同意する。

「そのとおり。単に、お前がどれくらい使い物になるか知りたくてね。……かくして、言葉は肉となり我々のもとに住まわれた。三段目はそんなような意味になる」

　あっさりと読みあげる相手に、シモンはあきれて両手をあげた。

「残念ながら、あなたのために働かせる脳は持ち合わせていませんよ。聖杯にも興味がありませんし」

　それから推し量るようにアシュレイを眺める。

「むしろ、あなたが、聖杯を求めるようなロマンチストとは意外でしたよ。ここにいるのは、お仲間ですか？」

「あいつらが？」

不遜《ふそん》にも顎《あご》で周囲を示して、アシュレイは嘲笑《ちょうしょう》する。

「笑わせんな。言っとくが、ここにいる連中の大半は頭のネジが緩んだ酔狂者だ。楽しめればそれでよし。知性の欠片《かけら》もありゃしない。この壁画を見りゃ、大体わかるだろう。アレキサンダー大王を異端の王として崇拝する隠喩《いんゆ》に満ちているが、それを無謀にもイコンで表象しようとして失敗している。あまりに見えすいていてグロテスクだ。こんなのと一緒にされちゃ、不愉快だね。俺の場合は、好奇心。何百年かを眠って過ごしたお宝が目の前にあるってのに、知らん顔はできねえんだよ」

一とおりの毒舌を披露して、青灰色の目を妖《あや》しく光らせるアシュレイ。確かに、ただの謎解《なぞと》きなら問題ないが、白熱する客人たちのように過度な期待は危険である。

頷《うなず》いたシモンは、そこでアシュレイに問う。

「それで、あなたは、これがなんの集まりだと思っていますか？」

その質問に、アシュレイは奇妙な視線をシモンに流した。興味、同情、詮索《せんさく》、疑惑、そんなものがごちゃ混ぜになったような視線である。

「それは、さっき言っただろう」

「聖杯鑑賞ですか？」

腕を組み軽く頭を振って、シモンは否定した。

「それはあくまでも表向きのものでしょう。とてもではありませんが、そんなおとなしい理由で集まったとは思えません」

「俺は、そんなおとなしい理由で来たぜ？」

「ああ、そうでしょうとも。ついでに僕とユウリの休暇を邪魔しようという魂胆で」

シモンがぼやくのを聞いて、アシュレイは高らかに笑った。

「よくわかっているじゃないか。まあ、個人のメールを打つ時は、公共のパソコンを使うのはやめるんだな、ユウリ」

「えっ？」と、シモンとユウリが同時にアシュレイを見た。ユウリはもとより、腹立ち紛れに付け足した言葉が真実であったことには、シモンも驚かされたのだ。

本当にすべてが計画されたことなのかと訝《いぶか》るシモンに、アシュレイが応じる。

「計画に偶然が重なったのさ。知ってのとおり、俺は悪運が強い」

「でも、プライバシーの侵害は、犯罪ですよ？」

非難のこもったシモンの言葉を、アシュレイが指を立てて否定した。

「本当に甘いな、お前は。このご時世では、用心しないやつが悪いんだ」

それから立てた指を動かして膨《ふく》れっ面《つら》のユウリの頰《ほお》を突っついた。

「覚えとけ」

そう言われてもう一度頰を膨らませたユウリだが、返事は「わかりました」という聞き分けのよいものであった。

3

「それで、話の続きですが」

道義の問題をあれこれ言っても無駄と諦《あきら》めたシモンが、吐息をついて話を戻した。

「彼らの目的はなんだと思いますか？」

今度は単刀直入に切り込んできたシモンに、アシュレイは考え込むように視線をそらせた。ちょうど通りかかった給仕からシモンと自分にワインのグラスを取り、ユウリにはオレンジジュースの入ったグラスを渡して、なお沈黙している。一口、二口、ワインを味わってから、切れ長の目で鋭くシモンを見た。

「なあ、お前。ここに来てから、なんか変な誘いを受けなかったか？」

「えっ。ああ、変なというか、訳のわからない誘いなら受けましたが……」

寄ってくる夫人や未亡人たちが、あちらとか、そちらとか、あのその例の、といった代名詞で誘ってくることが何度かあった。そのたびに何事かと訊《き》き返《かえ》すと、彼女たちは適当に愛想笑《あいそわら》いを浮かべてそそくさと立ち去ってしまったのだ。

「それが何か？」

「つまりそういうことだよ」

アシュレイは、ニヤリと人の悪い笑みを浮かべる。撫《な》でつけた青黒髪《ブルネット》に鳳凰《ほうおう》の刺繍《ししゅう》が施されたチャイナ服。闇《やみ》の帝王とでも言われそうないでたちに、その凄《すご》みのある笑みは妙にはまる。シモンですら、相手の放つ迫力に押され気味だった。

「少なくともウェルダンは、何か目的があってこの城を購入している。それが、この集《つど》いの裏の目的だろう。ただし、俺を含め、招待客の半分以上はダミーだな。目的はさまざまだが、聖杯に興味を持って集まってきただけの連中も大勢いるってことだ。つまり」

残り少ないワインをグラスの中で回し、一呼吸おいたアシュレイが先を続ける。

「いくらお前が集団としての目的を考えてみても、無意味ってことだ。むしろ個々の目的別に統計でもとってみたらいい」

「遠慮しておきます」

額に手をやって真剣に聞いていたシモンは、そこでちょっと天井《てんじょう》を見上げて頷《うなず》いた。

「でも、なるほど。よくわかりました」

「わかったって、何が？」

意外にあっさり納得したシモンに、アシュレイは拍子抜けしたようだ。飲み干したグラスを給仕の盆に戻しながら、シモンを見つめる。

「触らぬ神に祟りなし《ク・ジ・フロット・ジ・ピケ》」

シモンも空になったグラスを置いて、水色の瞳《ひとみ》を真《ま》っ直《す》ぐアシュレイに向けた。二人の視線が真っ向から絡《から》み合《あ》う。

「要は、その裏の目的とやらに触れないようにすればいいわけです」

ユウリは両手で持ったグラスからジュースを飲みながら、緊張が走った二人の様子を煙《けむ》るような瞳《ひとみ》で見つめる。どちらが正しいという以前に、自分はどうしたいかをぼんやり考えていた。

「……お前、そりゃずいぶんと淡白じゃないか？」

低く抑えた声で、アシュレイが言う。その感情を殺したような声音が、いっそ不気味で恐ろしい。

「別に。関係ありませんから」

それでもシモンは怖《お》じ気《け》づくことなく、背筋を伸ばし端然と応じる。

「さっきも言いましたが、僕は聖杯にも他人の秘密にも興味はありません。ユウリをここから無事に連れ帰ることができれば、それでいい」

何か考え込んでいるように瞳を翳《かげ》らせていたユウリを見おろし守護神のように佇《たたず》む姿を見て、アシュレイが「ハッ」とはき捨てるように笑った。細めた目の奥で青灰色の瞳がいらだちをにじませる。

「ご立派なことで」

当たり前のようにユウリを腕の中に抱え、不浄とは縁のない清廉潔白な顔で優雅に振る舞う高貴な男。この傲慢《ごうまん》さが、鼻につく。

「しかし、忘れているようだから思い出させてやるが――――」

アシュレイは、わからぬ相手にじっくりと事の真相をわからせるように、確信をこめて説く。

「いいか。ユウリは、すでにこの城に囚《とら》われている」

呪詛《じゅそ》のように響いたアシュレイの言葉に、ユウリは身体《からだ》を硬くした。それに追い討ちをかけるように、残酷な宣言が続く。

「今さら、知らぬ、存ぜぬが通用すると思うな」

容赦のないアシュレイに、シモンは天を仰ぐ。余計なことを、と思うが、否定できぬ何かがあったのも本当だ。

事実、真っ青になったユウリをシモンは気がかりそうに見る。明らかに動揺しているユウリは、アシュレイの言葉に思い当たる節があるのだろう。昼に聞いた話からすると、確かにユウリはこの城に引き寄せられている。あるいは、今晩城にとどまることになったのも、すでに何かの始まりを告げているのかもしれない。

シモンは、不安そうなユウリの肩にそっと手を置く。ビクリと震えたユウリが、顔をあげてシモンを見た。目が合うと、漆黒の瞳《ひとみ》が明るく晴れてホッとした表情になる。

そこでシモンは、アシュレイの言を考え直すことにした。

「わかりました。確かに、おっしゃるとおりかもしれませんね」

シモンは非を認め、澄んだ水色の瞳《ひとみ》を改めてアシュレイに向ける。

「それで、アシュレイは、ここに何があると？」

ユウリを慮《おもんぱか》ってあっさり立場を翻《ひるがえ》したシモンに、アシュレイは冷たい視線を送る。どう転んでもこの典雅な男が気に食わないというのが、正直な感想だった。

「まあ、いろいろとね。隠されたものにこそ真実があるってことだ」

アシュレイは、意地悪く笑って情報を曖昧《あいまい》にする。その様子から相当機嫌を損ねたと知って、シモンも諦《あきら》めて肩をすくめる。

「臭いものには蓋《ふた》をしろ、とも言いますけどね。まあ、どうぞご勝手に。ただ一言ご忠告申しあげると、ウェルダンは十字軍と言っていましたが、これほどの城であれば、その後の何百年間に、まったく人の手が入らなかったということはありえませんよ」

「そりゃ、当然だろ」

忠告をあっさり肯定して、アシュレイは言う。

「抜かりはない。築城は六世紀中葉から七世紀の初めとされていて、中世からルネッサンス期にかけて、わかっているだけでも相当数の人間、もしくは一族が持ち主となっている。まあ、そうは言っても、資料の断片に名前が出るくらいで、それぞれがどんな歴史をくぐったかはまったくの謎《なぞ》だがな。二十世紀に入ってからも、何人か持ち主に名乗りをあげているんだが、こちらはどうも長続きしない」

「長続きしない……？」

シモンが訝《いぶか》しげに訊《き》いた。ゴードンの報告にはなかったが、おそらく異端の根城となっていたとわかった時点でベルジュのほうでは調査を中止したのだろう。情報量の差は、人任せにした報いである。

それを敏感に察して、アシュレイはバカにしたように笑う。

「お前、そのぶんじゃ、ここがこの辺の住民になんて呼ばれているかも知らないだろ」

黙っていることで肯定したシモンに、アシュレイが「話にならん」と追いやるように手で払った。

「ユウリ、こんなのと組むより俺と組んだほうが、安心だろう」

いきなり振られて、ユウリは考える間もなく即座に首を横に振る。「まさか」とにべもなく返して、続きを促す。

「それで、この城はなんて呼ばれているんですか？」

駆け引きとはまったく無縁な様子で好奇心もあらわに訊いてくるユウリに、アシュレイは苦笑する。見上げてくる漆黒の瞳《ひとみ》を見るうちに意地を張るのもバカらしくなり、そのまま普通に話を続けることにした。

「幽霊城」

「幽霊城？　なんの幽霊が出るんです？」

「あれもこれもってところだな」

アシュレイは、人魂《ひとだま》を真似《まね》してヒラヒラと手をひらめかせて言う。

「ここは一時カタリ派異端の根城となっていたこともあって、夜中に走り回る悪魔のひづめの音がするだの、塔の窓に魔女の影が見えるだの、ほかにも結婚式の衣装に身を包んだ血だらけの男女とかあって、時代背景も何もない幽霊の博覧会のようなもんだ」

聖杯を間近に鑑賞しにきたほかの一団に場所を譲り、奥まった窓を持つ壁龕《へきがん》に陣取った彼らは、ちょっとの間、激しさを増した夜の雨に見入った。強烈な稲光をやり過ごしてからアシュレイが続ける。

「そういえば、ここに来る前に寄ったトゥールーズの図書館で、面白い記事を見つけたっけな。十九世紀の新聞だが、当時新居としてここを選んだ南イタリアの貴族が、結婚式の夜に花嫁によって惨殺されたっていうものだ」

「花嫁に⁉」

ユウリは目を丸くする。

「どうしてそんな？」

「略奪婚かなんかですか？」

ユウリを壁龕のベンチに座らせ、自分はタイルを張った壁に寄りかかって話を聞いていたシモンが、訊《き》いた。

「さて。そこまでは書いてなかったが、思うにその花嫁は処女だったんじゃないかね」

「処女？」

ユウリは、シモンと目を見交わした。話の流れがわからないのは自分だけじゃないと知ってホッとする。

「どうしてそうなるんですか？」

あきれたように言うユウリに、アシュレイがちょっと声を落として身体《からだ》を二人のほうに寄せた。

「これは俺も昼間に麓《ふもと》のカフェで聞いたばかりなんだが」

一度言葉を切って、二人の反応を確かめる。それから後を続けた。

「この城には、処女の呪《のろ》いがかかっているそうなんだ」

「処女の呪い――」

とたん、爆音のような雷鳴が響いた。悲鳴をあげた婦人もいて、男たちは眉《まゆ》をひそめて窓の外を窺《うかが》っている。どこかで「落ちたな」と呟《つぶや》く声もあり、今の落雷のすさまじさを如《によ》実《じつ》に伝えていた。

「雷鳴が轟《とどろ》くと、時禱書《じとうしょ》が目を覚ます――」

壁龕《へきがん》の奥にある窓のほうへ視線を向けたシモンが、ポツリと呟《つぶや》く。嵐《あらし》が来ると、人は敬《けい》虔《けん》な気持ちを呼び覚まされるというフランスの古い諺《ことわざ》だ。

それを受けたアシュレイが、揶揄《やゆ》するように応じる。

「目を覚ますのが、時禱書《じとうしょ》だけならいいけどな」

4

寝つかれぬ夜になった。

かすかにカビの臭《にお》いがする蒲団《ふとん》の中で何度目かの寝返りを打ちながら、ユウリは憂鬱《ゆううつ》そうに吐息する。昨日、一昨日のように夢見が悪いとかいう問題ではなく、単純に目を瞑《つぶ》っても眠れないのだ。窓を閉め切っているせいで蒸し暑いというのもあるし、石の壁を叩《たた》く雨の音も気になる。さらにこの湿っぽい蒲団が嫌だというのもあり、原因を数えあげ始めればきりがない。

しかしおそらくユウリが何より気になっているのは、この城を取り巻いている陰々とした空気の淀《よど》みなのだろう。

（ユウリは、すでにこの城に囚《とら》われている）

アシュレイの言葉が頭を過《よぎ》る。囚えているものの正体はわからないが、この城には確かに目に見えぬ何かが存在していた。夜も更《ふ》けたこの時刻、生きとし生けるものがつかの間の眠りに落ちたことで余計な介在物のなくなった闇《やみ》の奥底に、ユウリの全身は敏感に異次元の気配を感じ取っている。

（ああ、こんなことなら、素直にシモンに甘えておけばよかった……）

枕《まくら》に半分顔を押しつけた状態から仰向けになりながら、シモンの前で強がった自分を呪《のろ》ってみるが、今となっては後の祭りである。

それぞれあてがわれた部屋に入る時、シモンが冗談めかして「一緒に寝るかい？」と誘ってくれた。アシュレイからいろいろな話を聞いたばかりだったし、正直心が動かなかったわけではないが、十六歳にもなろうという男がそんなことではいけないと思い直した。一つには、案内役のサントスが一瞥《いちべつ》したのを見たせいでもあったが、それ以外に、帰省中に日本で久しぶりに会った五歳年上の従兄《いとこ》から、「人に頼っていると自分の首を絞める」と注意されたことを思い出したせいでもあった。その霊能者の従兄が言うには、霊能力の開発中に人に頼っていると、本来自分が持っているはずの能力を正確に把握しきれなくなるというのだ。自分の能力を過信することは、霊を扱う職業では命取りになる。能力が高いことより己《おのれ》の限界を知っていることのほうが、この世界では大切なのだそうだ。

そう考えると、この夏を通してユウリがやったことは完全に間違っている。いつの場合も、心のどこかでシモンを頼りにしていた。シモンの手の中、シモンの光が届く範囲で、自分は事をなしてはいなかったろうか。

そんな反省をユウリがし始めた時、部屋の置き時計が真夜中の二時を告げた。ユウリの身体《からだ》がビクリと揺れる。闇《やみ》の住人たちの時間が始まる合図だ。ユウリは、気配を窺《うかが》うようにグッと息をひそめる。

重い沈黙が辺りを包んでいる。

やがて、そののしかかるようなねっとりとした暗闇《くらやみ》の彼方《かなた》で、ヒイイイイ、と人の叫び声とも風のうねりともとれる不気味な音が響いた。ついで窓枠がミシミシと鳴り、石の廊下に足を引きずって歩くような音が聞こえてくる。

（どうしよう、怖い……）

ユウリは、蒲団《ふとん》の中で小刻みに震える身体《からだ》を抱きしめた。

こんなに怖いのは、久しぶりだった。恐怖心とは不思議なもので、必ずしも現象の大きさに比例するものではなく、どれほどの恐怖と対面しようと精神が屹然《きつぜん》として隙《すき》がなければさほどの恐怖心は芽生えないし、逆に些細《ささい》な出来事でもいったん精神の中に恐怖が入り込んでしまうと、それは内部からその人間をおかしくしていく。

今のユウリがそれだった。口の中で小さく「主の祈り」を唱えながら平常心が戻るのを待つが、唱えるそばから言葉が崩れ落ちていく。大いなる闇の触手がユウリを完全に捉《とら》えてしまっているせいだった。

（シモン――――）

ユウリは、心の中で頼もしい友人の名前を呼ぶ。今から部屋に行ってみようか。まだ起きているかもしれないし、寝ていてもきっと笑って迎え入れてくれるだろう。シモンが隣にいれば、こんな怖さなど吹っ飛んでしまうに違いない。

けれど、それは駄目だとユウリは思う。

これでは、母屋《おもや》の両親のところへ行くかどうかで迷いながら蒲団《ふとん》の中で震えていた幼少時となんら変わるところがない。いつまで人を頼る気でいるのか。いいかげん、自分のことは自分で解決しなければならない。そうでないと、自分は駄目になってしまうだろう。怖いならその怖さに、自分一人で立ち向かえばいいのだ。一人で向き合って、初めて自分の限界がわかるはずだ。

ユウリは蒲団から抜け出して床の上に下り立った。手早く服を着替えて枕元《まくらもと》の懐中電灯を摑《つか》むと、夜中の部屋を抜け出す。昼でも薄暗い廊下には、いっさいの明かりを失って墨を流したような闇《やみ》が広がっていた。ユウリは自分を脅《おびや》かす存在を求め、たった一人、未知なる闇の中へ踏み込んでいった。

ほとんど何も見えなかった。手にした懐中電灯が照らす丸い明かりのほかは、いっさいの闇。動かしようのない真っ暗闇が茫漠《ぼうばく》と横たわっている。この闇の一部が腕を伸ばしてユウリを捕まえたら、そのまま自分は闇に溶け込んでわからなくなってしまうような、そんな錯覚すら覚えた。

と、その時。

前方に、ゆらりと、白い影が動いた。

ギクリと、ユウリの足が止まる。

ボウとした白い影は、ゆらゆら揺れながらゆっくりとユウリのほうに近づいてくる。だんだん姿がはっきりしてくるにつけ、それが血に染まったウェディングドレスをまとった女であることがわかる。立ちすくむユウリの横を、その花嫁の幽霊は振り向くでもなくスウウッと通り過ぎていく。

（まったくの無関心……）

振り返った目の先で、花嫁の霊が溶けるように消えていく。ユウリは、なんだか切なくなった。彼女は、自分の身に起こったことが理解しきれないまま誰からも弔《とむら》われることなく亡《な》くなってしまったのだ。

そうしてしばらく佇《たたず》んでいたユウリの頰《ほお》を、フッと涼やかな風が撫《な》でた。えっ、と思って振り返ったユウリの目が、数メートル先の廊下に青白く輝く仔馬《こうま》の姿を捉《とら》える。

「お前……⁉」

呟《つぶや》いたユウリは、無造作に近づきかけて足を止めた。逡《しゅん》巡《じゅん》がその顔に浮かぶ。

ユウリが恐れたのは、相手の意図である。昨日のように有無を言わせず背に乗せられ気がついたら知らない場所でしたでは、今度こそ冗談にならない。

立ち止まったまま困ったように頭をかくユウリを、首を傾《かし》げた仔馬が深い紺《こん》青《じょう》の瞳《ひとみ》で不思議そうに見ている。しかし一向に動く気配のないユウリにしびれを切らし、「ついてこい」とでも言いたげに鼻面《はなづら》を巡らせると、先に立って歩き出した。

闇《やみ》の中で不思議な燐光《りんこう》を放ちながら、仔馬《こうま》が行く。

（これは、幻なのだろうか？）

ユウリは考える。この仔馬の存在が、ユウリには謎《なぞ》だった。城を取り巻くどんよりと暗い雰囲気とは明らかに隔絶された存在であるが、この仔馬によってユウリは城に連れてこられたのだ。ユウリを捉《とら》えようとする闇の中の力とこの仔馬の力が、奇妙に拮抗《きっこう》しているように思うのは、何故《なぜ》だろう。

仔馬は、迷いのない足取りでどんどん歩いていく。どこもかしこも石の壁が続く装飾の少ないのっぺりとした城館だ。たまにある装飾といえば木の扉に打ちつけられた鋲《びょう》くらいで、時々廊下に立っている空《から》の甲冑《かっちゅう》も影をまとって不気味に見えるだけだった。

やがてユウリは、装飾らしい装飾はあるがアシュレイがコケにしたように品位に欠ける大広間に出た。数時間前まで大勢の人間がいた空間は、夜になると妙に虚《うつ》ろで寂しく感じられる。そこを出て再び殺風景な廊下を渡ると、幾つか階段を下りた突き当たりにようやく大きな扉が見えてくる。

すると、信じられないことに、そこで仔馬の姿がふっと消えてしまったのだ。

驚いたユウリは慌てて走り寄ったが、青白く輝く不思議な仔馬の姿は影も形もなく失われている。

（うわ、またやられた）

頼みの綱をなくし、一人こんな場所に放《ほう》り出《だ》されたユウリは、途方に暮れて周囲を見回す。やはりあれは、この世のものではなかったのだ。昨晩の時点でわかっていたこととはいえ、こうして目の前で消えてしまわれると驚くものがある。

仕方なく、ユウリは周囲の様子を観察した。昨日と違い、少なくとも自分がどこにいるかはわかっているし、戻ればシモンだっている。そのことに力を得て、ユウリは扉のほうへ近づいていく。

扉の両側に灯《とも》されたほの暗い明かりのもと、上方のアーチ形のティンパナムには磔刑《たっけい》のキリストと四人の使徒が彫られた拙《つたな》いレリーフがおぼろに見え、さらに扉とティンパナムを囲むように聖人たちの彫刻、左右の柱にエクレシアとシナゴーグを表す二人の女神の立像、柱頭に縮こまった悪魔の像が見えている。まさに典型的なロマネスク様式の教会堂の入り口だ。どうやら、来る時に見えた教会堂に城壁内を通って出てきたらしい。

そんなことを考えながらユウリが扉に手を伸ばした時、突然、背後から伸びた腕に口を塞《ふさ》がれて心臓が止まりそうになる。拘束を解こうと腕を振り回すが、ユウリを押さえ込んでいる腕はビクともしない。そのまま廊下のほうまで引きずられ、柱の陰に連れ込まれたところで、「俺だよ」と耳元で揶揄《やゆ》する声がした。

「アシュレイ！」

拘束が解かれて振り返ったユウリは、そこに馴染《なじ》みの上級生の姿を見て叫びかけたが、それより早く大きな手が今度は正面からユウリの口を塞《ふさ》いだ。

「バカ。静かにしろよ」

囁《ささや》いたアシュレイは、ユウリの頭越しに廊下の様子を窺《うかが》っている。気づいたユウリが静かに振り返ってみると、ちょうど黒い影がスウッと二人の前を横切るところだった。

それは教会堂の扉を開けて、すべるように中へ消えていく。

人の気配が消えてからも、二人はしばらく廊下を見ながらじっとしている。五分もそうしていただろうか、やがて頭上からアシュレイの声が降ってきた。

「ところで、お前。こんなところで、何してんだ？」

「何って、別に……。そういうアシュレイこそ、何をしているんです？」

「俺か？」

アシュレイは、自分を指差して楽しそうに目を細めた。

「俺は、ちょっとした冒険をね、好奇心の赴《おもむ》くままに」

そう言われて、ユウリはアシュレイの格好に目をとめる。何か変だと思っていたが、通り過ぎた男同様、アシュレイも黒いマントを身にまとっている。はね上げたフードを被《かぶ》れば、生来の妖《あや》しさと相まって完璧《かんぺき》に古代の魔法使いになれそうだ。

と、そこへ、廊下のほうから靴音が響いてきた。

とっさに口をつぐんだ二人だったが、何を思ったか、アシュレイは廊下の近くに身を寄せて相手の様子を窺《うかが》う。前回同様、フードまですっぽり被《かぶ》った黒い影が、目の前を通過する。しかし今回は、相手の手が扉に届く寸前、忍び寄ったアシュレイが豹《ひょう》のような身のこなしで襲いかかった。片手で口を塞《ふさ》ぎ、もう一方の手で頸動脈《けいどうみやく》の辺りを打つ。次の瞬間、相手は床に伸びていた。

すべては一瞬のことだった。

アシュレイは、重そうな身体《からだ》を引きずって、驚いて声もないユウリのところまで連れてくると、ポケットから取り出した小瓶を相手の鼻先に近づけた。とたん、二、三度痙攣《けいれん》した男の身体が、ぐったりと生気を失う。その顔は弛緩《しかん》し、口元に唾液《だえき》が光っている。

「これで、こいつは明日の朝までぐっすりお休みだ」

したり顔で報告するアシュレイに、ユウリはあきれた声をあげた。

「なんて無茶をするんです」

それから、倒れた男を気遣《きづか》わしげに見おろして、恐る恐る問う。

「それで、この人、大丈夫なんですか？」

「安心しろ。今頃は天国にいる夢でも見ているさ。それより」

言いながらしゃがみ込んだアシュレイは、男から黒いマントを引っぺがしてユウリに差し出した。

「ほら、これを着ろよ。その格好は目立つ」

とっさに受け取ってから、ユウリは困惑してアシュレイを見る。

「着ろ、と言われても……。いったいこれからどうするつもりなんですか？」

「まあ、せっかくここまで来たんだ。お前も付き合え」

妖《あや》しく光る青灰色の瞳《ひとみ》を向けられ、その蠱惑的《こわくてき》な眼差《まなざ》しに引きずられそうになったユウリは、慌てて手にしたマントを突っ返した。

「やめておきます。アシュレイもあまり無茶しないように」

言い置いて帰ろうとしたユウリの襟首《えりくび》を、アシュレイがむんずと摑《つか》んで引きとめる。

「だから、無駄だって」

引っ張られた拍子に襟が喉《のど》に食い込んだユウリは、グッと小さく喉を鳴らし、すぐにゲホゲホと咳《せ》き込《こ》んだ。

「ああ、悪い、悪い」

手を放したアシュレイが口先だけで謝ると、珍しくユウリが怒ったように睨《にら》む。

「悪いだなんて……ゴホ……思ってないくせに。ゲホゴホ。大体、無駄って、……ゲホ……どういうこと？」

意志の薄弱さをからかわれたようで、ユウリはそのことに腹を立てていた。しかしせっかくの剣幕も、咳き込みながらでは迫力にかける。その証拠に、喉の奥で楽しそうに笑ったアシュレイは、絹のような手触りの黒髪を愛《いと》しげに撫《な》で回《まわ》した。

「じゃあ、訊《き》くが、お前はどうしてここに来たんだ？」

「えっ？」

最初の質問に戻ったアシュレイに、本人すら忘れていた発端の出来事を示唆されて、ユウリはうろたえて首を振る。

「だから、別に意味はないって……」

「へえ。お前は、真夜中に人様の屋敷をうろつき回る趣味があるのか？」

返答に窮して下を向いたユウリに、アシュレイが手を伸ばして顎《あご》を持ち上げた。

「そうじゃないだろ。昨日の仔馬《こうま》だか、この城のかわいそうな幽霊どもかは知らないが、何かに呼ばれたからこそ、お前はこんなところまで出張《でば》ってきたんだろうが」

心の中まで見通すような不思議な色みの瞳《ひとみ》を見るうちに、ユウリの中から急速に抗《あらが》う気持ちが失《う》せていく。なんといっても、アシュレイの推測は正鵠《せいこく》を射ている。ユウリは観念して、首肯した。

アシュレイは、「そらみろ」と得意げに言いながら、突っ返されたマントを半ば強引にユウリに被《かぶ》せる。

「無駄なあがきはやめとけ、ユウリ。遅かれ早かれ、お前はここに来ることになるんだ」

嘆息したユウリは、今度は素直に従った。説得されたというのもあるが、それ以上にユウリの中にある好奇心がムクムクと頭をもたげたのだ。

ユウリの顔に表れた感情の変化を見逃さず、アシュレイはその単純さを楽しみながら、教会堂の中へ入っていった。

5

教会堂内部は、わずかな灯明《とうみょう》に照らされてほの暗さの中に沈んでいる。見慣れたステンドグラスやゴシック彫刻などは見られず、剝《む》き出《だ》しの石に彫刻された荒々しいキリストの立像や天国と地獄を表す仰々しいレリーフが重い沈黙の底から侵入者の動きをじっと窺《うかが》っているようだった。

ロマネスク建築の西方を正面入り口とした造りである教会堂の、南側廊《みなみそくろう》の扉口から入ったアシュレイとユウリは、そのまま真《ま》っ直《す》ぐ東最奥《ひがしさいおう》の内陣に近づいていく。

「さっきの人たちは、どこに行ってしまったんでしょう?」

ユウリが小声で尋ねる。好奇心が打ち勝ち、すでに逃げることをやめてしまったユウリは、物珍しげに周囲を見ながら歩いていた。

そこで不思議に思ったことは、自分たちより前に入った人間の姿が、しんと静まり返る教会堂のどこにも見当たらないことだった。もちろん西正面入り口から出ていった可能性は否定できないが、外はナイアガラの滝のような雨である。誰が好き好んでわざわざ外へ出るだろう。そう考えての質問だ。

「たぶんこの辺に地下の納骨堂に通じる入り口があるはずだ。あいつらはそこにいる」

「あいつら？」

「お前が来る前に、二十人近い人間が礼拝堂に入っている。もちろん、ウェルダンも一緒だ」

「二十人も？」

ユウリの漆黒の瞳《ひとみ》が、困惑に揺れた。

「そんな人数が、地下の納骨堂なんかで何をやっているんです？」

「さあ」

アシュレイは、マッチをすって祭壇の周囲の壁を丹念に調べながら応じる。

「それが知りたくて、俺たちはここにいるんだろ？」

俺たちと一括《ひとくく》りにされてしまうことには承服しかねるものがあったが、今さら言っても無駄だろう。手にした炎が大きく揺らいだ場所を見て、アシュレイの切れ長の細い目がさらに細められる。そこはほかより磨耗が激しく、秘密の入り口の存在を示していた。

「あったぞ」

言ったアシュレイが手を当ててグッと力をこめると、意外な軽さで石の壁が動いた。

「ほら、来いよ」

回転扉のように回った壁の一部を見ながらユウリが逡巡《しゅんじゅん》していると、入り口をくぐりかけたアシュレイが振り返って言う。行くべきか戻るべきかを真剣に考えていたユウリは、またしても好奇心に負けて、アシュレイの後から扉をくぐった。二人を呑《の》み込《こ》むと、石の扉は回転して元の連続した壁の一部と化す。

背後で扉が閉じると、ユウリとアシュレイは一瞬闇《やみ》に取り残された。しかしほどなく暗闇に慣れた目が、階下から漏れる明かりを捉《とら》える。足元から続く階段はきれいな円の螺《ら》旋《せん》を描いて、かなり下までのびているようだった。持っていた懐中電灯で辺りを照らしながら、二人は慎重な足取りで下りていく。

下へ行けば行くほど、周囲の明るさは増すようだ。しかし何故《なぜ》か、明るさに反比例してユウリの心は重くどんよりしていく。一歩、二歩と進むたび、そこに広げられた目に見えない網に自分が深く囚《とら》われていくような感じだ。

危険。

危険。

危険。

下りる階段の一段一段が、ユウリにそう叫んでいる。

それでもユウリは立ち止まらずに進む。負けるものかという気負いと、きっとどうにかなるだろうという安易な予測が、ユウリをいつもよりも強くしていた。

やがて長い階段が終わり、地獄の釜《かま》が待ちうけていそうな不気味な暗闇と揺れ動く炎のような明かりが待ち受ける地の底に下り立った。奥から、ざわめく人々の声が聞こえている。

「何かやっているみたいだ」

囁《ささや》くような声で、ユウリが告げる。しかし間近で見上げたアシュレイの顔はひどく満足そうで、どうやらこの展開をあらかじめ予測していたようである。ユウリの問いには応じず、アシュレイは顎《あご》で進むよう指示する。

彼らは明かりの漏れるドアの前に立っていた。中を覗《のぞ》くと、まず目に飛び込んでくるのが、一面を埋め尽くすおびただしい数の蠟燭《ろうそく》だ。広く天井《てんじょう》も高い部屋には、吊《つ》るされたシャンデリアや壁に埋め込まれた燭台《しょくだい》のみならず、テーブルから床からありとあらゆるところにキャンドルが置かれ、その揺れ動く炎の中で集まった人々の影が四方の壁に魔物のような姿を躍らせている。それは、なんともいえず幻想的な風景だった。

さらに情景を不可思議にしているのが、彼らの服装だ。皆一様に黒いマントですっぽりと身体《からだ》を包み、顔には覆いのための仮面をつけている。興奮した様子で奥の祭壇の前に集まっている姿からは、どこか原始的な印象を受ける。

ユウリは、観察の目を人から祭壇へ移す。方角からして、彼らが集まっている祭壇は地上とは逆、つまり太陽の沈む西側に設けられていることになる。

両脇《りょうわき》を篝火《かがりび》が照らす石造りの大きな祭壇。

そこに、女がいる。

一人だけ純白の衣装を身にまとった女は、黒い集団の中でやけに目立つ。かすかに口を開き虚《うつ》ろな瞳《ひとみ》を虚空《こくう》に向けた顔はまだあどけなく、ユウリと同い年くらいに見える。

（少女――――）

ユウリの脳裏に浮かぶ単語。何か嫌な符合がそこにある気がして、ユウリはひどく落ち着かない。しかし、何故《なぜ》か考えが散漫で、うまく結果を導き出せなかった。

気がつくと、ユウリはかすかに身体《からだ》を揺らしていた。人々の喧騒《けんそう》を縫うように、どこからかかすかな律動が響いている。

ユウリが少女に気を取られているうちに、篝火《かがりび》の間に人が立っていた。

やはり黒のマントに身を包み、顔に大きな目隠しの仮面をつけているが、どんよりくすんだ青い瞳は、間違いなくこの城の城主であるウェルダンのものである。

「親愛なるベリアルの子らよ」

ウェルダンは、まるで司祭のように両手を広げて、集まっている人々に語りかけた。

「無価値なものの王たるベリアルを祝福し、この世の享楽を愛するソドムとゴモラの住人となる我らに、追放されし我らが王の祝福があらんことを」

「祝福があらんことを」

ウェルダンに応じて、人々は低く唱和する。

「さて、諸君。怠惰を好み、淫蕩《いんとう》を愛するエデンの住人たちよ。我らが本来の姿をあますところなく知り合える蛇の懐《ふところ》に眠る楽園で、今宵《こよい》、一つの大きな儀式が催される。我らが主を貶《おとし》めた天の軍勢への唾棄《だき》、天が愛する救世主イエスへの冒瀆《ぼうとく》。これこそが我が主の望むべきことであり、天への復讐《ふくしゅう》がなされた暁には、我らにはいつも以上の喜びが与えられるであろう」

なめらかとは言いがたいウェルダンの宣言に、野獣の咆哮《ほうこう》のような雄叫《おたけ》びが起こる。それをユウリは、信じられない思いで見つめていた。

アシュレイとユウリは、どさくさに紛れて祭壇を囲む集団のすぐ後ろまで移動していたが、こうして近くにいると、彼らの興奮がほとんど常軌を逸したものである様子が伝わってくる。

(これは、いったい――――!?)

半ばパニックに陥りながらユウリは思う。思いながら、ユウリの耳は無意識にある音を聞き分けていた。どこからか聞こえてくる太鼓のリズム。ゆっくりと静かな音が、次第にうねりを大きくしてくる。

ウェルダンの脇《わき》に置かれた黒いビロード張りの補助テーブルには、さまざまな種類の短剣や長剣が置かれ、ほかにも木の枝や根っこ、メダル、水差し、雌鶏《めんどり》の入った籠《かご》など、黒魔術の儀式に必要と思われる品物が揃《そろ》っていた。

「これを見よ」

ウェルダンが補助テーブルの下から取り出したのは、晩餐《ばんさん》の席で披露されたエルサレムの秘宝といわれる聖杯だ。炎を照り返して橙《だいだい》色《いろ》に輝く酒杯を頭上高く捧《ささ》げ、彼は酔いしれたように言葉を紡《つむ》ぐ。

「はるかエルサレムの地より運び込まれた聖杯、神に取り入った偽善者の血にまみれた呪《のろ》われし呪具《じゅぐ》がある。今宵《こよい》この器に、主《しゅ》の花嫁としてベリアル様を迎え入れる女の最初の血を受け、我らが古き神を讃《たた》えようではないか！」

高らかな宣言が終わると同時に、太鼓の音が鳴り響く。

ドーン、ドオ、ドーン。

ドーン、ドオ、ドーン。

隠れていたものがふいに姿を現したように、無意識下を流れていた音が意識をさらい、存在を誇示するようだった。

ドーン、ドオ、ドーン。

ドーン、ドオ、ドーン。

大地の内包する力を引きずり出すような力強い音。目覚めよ、と身体《からだ》じゅうにラッパを鳴らす。明らかな目的を持って下腹に響く音は、どこか淫猥《いんわい》さを秘めてこの場の空気をさらに異様なものへと変えていく。

そのうち、男が一人祭壇に上った。

黒いマントは皆と同じだが、頭にはフードの代わりに奇妙な面が被《かぶ》せられている。額に山羊《やぎ》のような二本の角を持つ髭《ひげ》のある不気味な顔。それは、本などでよく見かける悪魔の頭部だ。

悲鳴をあげそうになったユウリの口を予期したような素早さで塞《ふさ》いだアシュレイが、この状況をバカにしたように呟《つぶや》いた。

「今度はバフォメットか。ご苦労なことで」

祭壇の上では、男が女に手を伸ばしている。

もう疑う余地がない。目の前で行われているのは、何かの忌《い》まわしい儀式である。少女の身体《からだ》が、太鼓の音に合わせてぐらぐら揺れる。いや、少女だけでない。酒池肉林の様相を呈した祭壇の下でも、ワインの瓶や食べ物ののった食器を蹴《け》散《ち》らしながら踊りだした男女がいた。

そこへ、瞳《ひとみ》をぎらつかせたウェルダンが、太鼓のリズムに合わせ呪文《じゅもん》のようなものを唱え始めた。

「アルベルト・エロイム・サンテモンティス・ヘリミイネ・セトラトス……」

途中、何度か篝火《かがりび》の中に何かを放《ほう》り込《こ》む仕草をする。そのたびに火の粉が飛び散り、しばらくすると、地下の広間に神経を解かすような甘い香木の匂《にお》いが充満し始めた。それをもろに吸い込んだユウリは、頭がクラリとしてよろめいた。

すかさず片手に抱きとったアシュレイが、ユウリの潤んだ瞳《ひとみ》を覗《のぞ》き込《こ》む。

「ちったあ、興奮してきたか？」

からかうように言われ、ユウリは相手を睨《にら》みつけた。

「何をのん気なことを言って、これは邪教の――――」

言いかけたユウリは、漆黒の瞳に不審の色を浮かべる。

「まさか、アシュレイ。知っていたんじゃ？」

とたん、一重の細い目の奥で、青灰色の瞳が蠱惑的《こわくてき》な光を放つ。

「さて、どうだかね」

言いながら、急激に力を失っていく様子のユウリを床の上にそっと座らせた。

ユウリの耳には、打ち鳴らされる太鼓の音が何重にも重なって響いている。それはウェルダンの唱える呪文《じゆもん》とともに体内をゆっくりと巡り、身体《からだ》の芯《しん》からこみ上げてくる熱さに同調して、なんともいえぬリズムを刻んでいく。

頭が痺《しび》れ、次第に思考力が麻痺《まひ》していく中で、ユウリはなんとか意識を保とうと努力する。すると何故《なぜ》かシモンの顔が頭に浮かんだ。この場の乱れた空気とは比するべくもない、どこまでも高貴で清廉な姿。それが次第に遠ざかっていく。

（シモン……）

何故か二度とそばに寄れなくなる気がして、ユウリは苦しくなる。

（そういうことなのだろうか。自分で何かを決めるというのは……？）

押し寄せる波に精神が蝕《むしば》まれていく中で、心をえぐるような喪失感が襲った。

（本当に、これでいいのだろうか？）

今や周囲では、信じられない光景が繰り広げられている。クッションの敷き詰められた床の上で、仮面をつけた男女があられもない姿で誰彼かまわず戯《たわむ》れる。それはまさに、背徳の限りを尽くしたソドムとゴモラの住人たち、あるいはカリグラの饗宴《きょうえん》の再来だった。

やがて横にひざまずいたアシュレイが、ゆっくりとユウリを抱き寄せる。無表情のまま受け止めたユウリは、煙《けむ》るような漆黒の瞳《ひとみ》をぼんやりと祭壇の上に投げかけている。

ユウリに残された最後の理性、最後の直感が、そこへの注意を喚起していた。

（なんだろう……。何か）

ユウリの視線を追ったアシュレイが、耳元に唇を寄せて囁《ささや》きかける。

「花嫁の女が気になるみたいだな」

（花嫁――）

その言葉が鐘のように頭の中で鳴り響く。

（花嫁、花嫁、花嫁、少女……）

そうして何度も何度も反芻《はんすう》しているうちに、ついにユウリは意識の底に眠る情報を探し当てた。

「――処女の花嫁」

間近にある青黒髪《ブルネット》を引っ張って、叫ぶ。

「処女の花嫁だよ、アシュレイ！」

「痛《いて》えな」

ユウリの暴挙で明らかに気分を害したらしいアシュレイが、煩《うるさ》そうに顔をあげた。

「処女がなんだって？」

思いついたことにすっかり意識を奪われてしまっているユウリを見て、アシュレイはつまらなそうにユウリの鼻をつまむ。

「こんな状況でくだらねえ話を聞かせたら、即刻犯すぞ」

過激な脅しも、今のユウリには通用しない。煙《けむ》るような漆黒の瞳《ひとみ》が、真《ま》っ直《す》ぐにアシュレイを見上げてくる。

「アシュレイが言ったことです」

「……ああ」

アシュレイはユウリの一言に納得し、乱れた青黒髪をかきあげた。

「処女の花嫁の呪《のろ》いか。そういや、そうだったな」

のん気に返し、祭壇のほうへ目を向ける。

「悠長にしている場合じゃありませんよ。危険だ。どうしてもっと早く気づかなかったんだろう。このばかげた儀式を止めなきゃ……」

腰を浮かしかけたユウリの腕を、アシュレイが摑《つか》む。視線は祭壇に向けられたままで、その表情には珍しく警戒の色が浮かんでいる。

「……どうやら、気づくのが遅かったようだ」

投げ出された言葉にユウリが振り向こうとした瞬間――。

「ギャアアアアアッ」

断末魔の叫びが轟《とどろ》いた。同時に、爆風が襲う。

とっさにユウリを腕の中に抱きこんで身を伏せたアシュレイの耳元を、シュッと何かがかすめていく。

一瞬のうちに広間を埋め尽くす蠟燭《ろうそく》の炎が消え、暗闇《くらやみ》に視界を奪われた人々の叫び声が交錯する。暗黒の恐怖が、すさまじい混乱を巻き起こした。

阿鼻叫喚《あびきょうかん》。

見えない世界が悪意を持って人々に襲いかかる。時折、手持ちの懐中電灯をつけたらしい丸い明かりがともるが、直後に同じ方向から断末魔の叫びが響いて、明かりが消える。

混乱と恐怖のさなか、動物並みに勘が鋭くなったアシュレイは、暗闇の底にギギッ、ギギッと金属がこすれる嫌な音を聞き分ける。

(なんだ？)

考えたのは、一瞬だ。

「ユウリ、立て！」

言ったと同時に、敏捷《びんしょう》に起き上がったアシュレイがユウリを連れて数メートルを移動する。何かに足を取られて転びそうになったユウリを手探りで支えた時、大きな物が空気を切り裂く音に続いて、大地を揺るがす轟音《ごうおん》と震動が地下の広間を襲った。

第四章　純潔の花嫁

1

暗い通路を手にした懐中電灯で照らしながら、ウェルダンは道を急ぐ。すぐ後を、執事のサントスが黙々と続いている。

（いったい、何が起きたんだ）

ウェルダンは混乱した頭で考えるが、訳がわからない。覚えているのは、性の衝動を呼び覚まされた少女が快楽の頂点へ駆け上っていくさなかで、急に癲癇《てんかん》の発作でも起こしたように身体《からだ》を震わせ、泡を吹いてぐったりしてしまったこと。そして意識を戻した少女が相手の男の頭を胸元に抱き寄せ、悪魔の面をつけたままの首を胴体から引きちぎったことだ。

そのあまりに非現実的な瞬間が、コマ送りの映像のようにはっきりと記憶に残っている。ウェルダンがこうして正気を保っていられるのは、単にすべてがどうしても現実に起きたこととは思えなかったからにすぎない。

（考えてもみろ。小娘の細腕に、あんなことができるわけない）

彼らがいるのは、入り組んだ道が続く地下通路である。道に迫《せ》り出《だ》す壁が通る人間を圧迫する中、地下水のしたたるわびしい音を聞きながら彼らはひたすら駆け抜ける。ところどころ曲がりくねって蛇行する道を何度も足を取られながら進むうち、永遠に続くように思われた暗く寂しい通路は行き止まりの壁をもって突然終わりを告げた。脇《わき》に階段があり、それを上っていくと小さな物置のような部屋に出る。教会堂から南へ向けてのびた地下通路は、そのまま主人の生活の場である南端の主塔へ続いていたようだ。

ようやく住み慣れた部屋に戻ってきたウェルダンは、倒れこむようにソファーに身を投げ出してぐったりする。かたわらでちょこまか動くサントスは、サイドボードから取り出したコニャックをグラスに注ぎ、主人に差し出して様子を窺《うかが》う。受け取ったグラスを一気に飲み干したウェルダンは、濡《ぬ》れた口髭《くちひげ》をぬぐうと厳しい目でサントスを睨《にら》みつけた。

「あれはなんだ、え、サントスよ。魔界の実力者であるベリアルを呼び覚ますはずの儀式が、呼んで出てきたのは、ありゃ、なんだ？」

抑揚の激しい乾いた米語で怒鳴りつけるウェルダンは、まるで恐怖を怒りにすり替えようと必死になっているようにも見える。

「どこから連れてきたか知らんが、あの気の違った小娘は、どうしたというんだ？」

「申し訳ありません。申し訳ございません」

サントスは、気の毒になるくらい身体《からだ》を縮こまらせて謝罪する。

「私はなんにも……。ただ旦那様《だんなさま》に言われたとおりにやっただけでございます」

「人のせいにする気か？」

ぎょろりと開かれた目が、サントスを怯《おび》えさせる。フットボールの選手のように体格のいいウェルダンと小柄で丸いサントスでは、まるで大人が子供を虐《いじ》めているように傍目《はため》には見える。

「め、滅相もございません。私が悪かったのです。そうです」

サントスは、忙《せわ》しなく動く瞳《ひとみ》であちこち見ながら、続ける。

「恐れながら申しあげますと、悪魔学におけるベリアルは、破壊と殺戮《さつりく》の王であり、またしばしば娘の姿を取るともいわれております。ですから、私の思うところ、やはりあの小娘に降りたのは、ベリアルの力の顕現かと……」

ガシャン、とグラスが壁に叩《たた》きつけられた。

「ごたくはいい。私はあのように血なまぐさい神などいらぬ。私の望みは、地上における最上の快楽、性的秘儀の伝授だ。ほかのことなんか、クソ食らえだ！」

うなだれて話を聞いていたサントスの暗い瞳に、一瞬だが苛烈《かれつ》な蔑《さげす》みの色が浮かぶ。しかし縮こまった殊勝な態度には、そのような激憤をまったく表さず立ち尽くす。

「いいか。まず、お前の責任であの後あの場がどうなったか、確認してこい。そして小娘が正気に返らぬようなら、お前の手でどうにか始末をつけるんだ」

「おやおや、それはまた物騒なお話ですね」

主従の会話に、突如、なめらかな英語が割り込んだ。ぎくりと身体《からだ》をすくませた二人の前に、鷲鼻《わしばな》に銀縁眼鏡《ぎんぶちめがね》をかけたシンクレアが現れた。黒いマントに身を包んだ彼は、中肉中背で知的な顔立ちのせいもあって、一昔前の天文学者か錬金術師のように見える。彼は遠慮というものをまったく欠いた様子で、物珍しげに室内を歩き回る。しかしその傍若無人さも、生来の品のよさに隠されて、見る者にそれほど不快感を与えなかった。

ウェルダンは、偉丈夫の風格に頼るように立ち上がり、このいささか失礼ともいえる闖《ちん》入者《にゅうしゃ》を迎えた。

「あなたは、確かシンクレア教授でしたね」

「そうです」

紛《まが》い物《もの》の多い室内のコレクションに見切りをつけて、シンクレアはウェルダンに向き直った。

「失礼ですが、何故《なぜ》ここへ。ここは、私どもの私室として使っておる部屋で、来賓の方々には、きちんと別棟をご用意してお迎えしてあるはずですが……」

「もちろんですとも。いや、これは確かに失礼しました。ただ、私も、地下のあの混乱から抜け出すのに必死でしてね。お二人が消えられたほうへ出口を探しにまいりましたら、ちょうどあの地下通路を見つけることができまして、何人か誘い合って逃げてきたというわけです。ほかの者は慌てふためいて部屋に帰りましたが、私はウェルダン殿にお話があってこちらへまいった次第です」

「ほう。あの儀式に参加してらした、と?」

キラリ、とウェルダンの目が光る。参加者はそれなりに身分が高く名声のある人物が多い。世間に知られては少々体裁の悪い儀式の参加に際しては、秘密厳守が絶対の前提条件となっていたはずである。そのために、わざわざカモフラージュのパーティーまで開いているのだ。

「ご安心なさい。私はその辺に吹聴《ふいちょう》して歩くような不調法者ではありませんよ。友人に誘われましてね。なかなか意義のある集《つど》いでした」

それから、スッと視線をサントスに流して言う。

「ところで、あの太鼓はこちらの方が?」

控えていたサントスは、眼鏡《めがね》の奥から感情のこもらない薄緑色の瞳《ひとみ》が自分に注がれるのを感じて、ヒョコッと頭をさげた。

「とんでもない。私はただご主人様のそばに控えていただけで……」

「なるほど」

大仰に頷《うなず》くシンクレアに、少しいらだったようにウェルダンが言った。

「それで、私に用件というのは？」

「ああ、そうでした。こんなところでのんびり世間話をしている場合ではありませんでしたね」

勝手に押しかけてきて世間話も何もないが、シンクレアはあくまでもにこやかに話を進める。

「何せ、あちらでは大変な騒ぎになっている。あの大きな青銅製のシャンデリアが落ちたらしくてね。暗がりで逃げる暇もなかった人たちが下敷きになって、相当数の人間が命を落としたようです」

「シャンデリアが⁉」

目を丸くして叫んだウェルダンが、額を押さえ崩れるようにソファーに腰を落とした。

「オー、マイゴッド」

習慣とは恐ろしい。神を侮辱する儀式を行った後で言う言葉かと思うが、ウェルダンはまったく気づかず、さらに「ジーザス」と呟《つぶや》いて頭をかきむしっている。あまり大事《おおごと》になって、警察への言い訳が難しくなっては困るのだろう。

シンクレアは、口元に皮肉な笑みを浮かべてウェルダンの悲嘆を眺めている。頃合いを見計らって、彼はなおも続けた。

「まあしかし、これは序の口でしょうよ。殺戮《さつりく》はまだまだ続きます」

恐ろしいことをさらりと言う。あまりのことに、ウェルダンは猜疑心《さいぎしん》もあらわに相手を見つめた。電灯のもと、禿《は》げ上《あ》がった額に汗が光る。

「あんたは、何を言っているんだ。殺戮だって？」

「そうです、殺戮。これは復讐《ふくしゅう》ですよ」

「バカバカしい。私が誰に復讐されねばならないんだ」

シンクレアは右手をスッとあげて、中指と人差し指だけを伸ばしてみせた。

「神、ですよ。もちろん。あなたは神を汚《けが》した。その報いを受けるのです」

「神だって？」

笑おうとして失敗し、ウェルダンは角張った顔の頬《ほお》を引きつらせた。シンクレアのガラスのように冷たい薄緑色の瞳《ひとみ》がじっと自分に注がれるのを目にしたからだ。

「信じる、信じないは、自由です。ただ、神は子を通して預言された。犬に聖なるものを与えるな。彼らは足蹴《あしげ》にして向かってくるだろう、と」

シンクレアは、そこで薄く笑って呆然《ぼうぜん》と見上げてくるウェルダンから目をそらした。

「そして、あなたはそのとおりのことをした。神の怒りは、すさまじい」

「聖なるもの……。あんたが言っているのは、聖杯のことか？」

「もちろんですよ。ウェルダンさん。あなたはあれを本物の聖杯かもしれないとは、思わなかったんですか？」

ウェルダンは、あきれていいのか恐れていいのか決めかねて、なんとなくサントスのほうを見た。いいかげんな知識を振り回す従者のサントスは、真っ青になった顔で床の絨《じゅう》毯《たん》を見つめている。

当たり前だが、ウェルダンは、あれが本物の聖杯だとは一度も思ったことがない。大工だったと伝えられるキリストが使っていたのは木の杯であると聞いたことがあり、それならば聖杯なんて今頃はアラブの砂漠のどこかで朽ち果てているに違いないと思っているからだ。では何故《なぜ》、聖杯を披露するパーティーなど開いたかといえば、その虚飾が興をそそると知っているからだ。

「では、あんたは」

ウェルダンは、渇いた喉《のど》を潤すようにごくりとつばを飲み込んで訊《き》く。

「あれが、本物の聖杯だとでも言う気かね？」

シンクレアは、修道士のように胸の前で手を組んで意味深長な微笑を浮かべた。

「それは、本物を知る者のみが知っていればいいことです」

それから、急に表情を改めるとまじめくさった顔で諭すように言う。

「いいですか。少なくとも、あなたは一つ禁を犯した。だから罰せられるのです」

ウェルダンは、フンと鼻で息をしてしばらく考え込んだ。

「それで、私にどうしろと？」

やがて視線をあげたウェルダンが、疲れ果てた声で訊《き》く。

「どうやら、シンクレア殿は何かご存じのようだ。難を逃れる手立ても知っているのでしょう」

シンクレアが、ニコリと笑う。邪気がなく見えるぶん、底知れず不気味な笑いだ。

「まずは、聖杯を正当な持ち主のもとへ引き取らせていただきます」

「正当な持ち主っていうのは、あんたのことか？」

「とんでもない。私など、ただの使徒にすぎません。しかし、今はそんなことはどうでもよろしい。問題は、あなたが難を逃れるためには、流された穢《けが》れなき血を別の血で贖《あがな》えばすむこと」

「別の血？」

「そう。幸いこの城には、処女神ディアナに愛された少年がいる。彼に罪を担《にな》わせて神々との交渉に赴《おもむ》いてもらうのがいいかと思いますよ」

言っていることの意味がわからず戸惑っているウェルダンを横目に見て、シンクレアは組んでいた手を解いた。そして、何かを求めるように周囲に視線をやった。

「ところで、かんじんの聖杯はどこへやったのですかな？」

その言葉に、ウェルダンがサントスのほうを見た。

「サントス！」

それまでずっと床を見ていたサントスは、呼ばれて主人のほうへ視線を戻した。二人の視線が絡《から》み合《あ》う。

「あれをどうしたかと、シンクレア殿が訊《き》いているが？」

「あれ、と申しますと？」

「聞いてなかったのか？」

あきれたようにウェルダンがため息をついた。

「まったく、いつもボケッとしているな、お前は。——聖杯だよ」

「はっ？」

相変わらずとぼけた応対に、ウェルダンのいらだちが募っていく。

「聖杯だよ。さっき教会堂で使っただろう？」

「はあ」

やけに頼りない返事が返る。腕を組んで考え込んだサントスだったが、やがて申し訳なさそうに顔をあげると、たった一言、「存じません」と言った。

「ぞ、存じませんって、どういうことだ？」

ウェルダンの当惑した声。しかしそれに輪をかけて当惑した声でサントスも応じる。

「ですから、旦那様《だんなさま》が儀式でお使いになっているのを見たのが最後で、その後、私は見ておりません」

頼りなげな、それでいて確固たる証言に、ウェルダンはシンクレアと途方に暮れた目を見交わした。

2

地下の広間は、阿鼻叫喚《あびきょうかん》の巷《ちまた》と化していた。

そこらじゅうから聞こえてくるうめき声や悲鳴。暗闇《くらやみ》に精神を冒されて、気の違ったように悲鳴をあげ続ける女もいる。

「痛い、誰か助けて……」

「足が動かない」

「助けて、お願い、助けて」

そんな嘆願の声に混じって、徐々に広がる血の臭《にお》い。

気を失ってぐったりしているユウリを腕の中にしっかり抱きしめたアシュレイは、見えない惨状を予想して舌打ちする。どうやらこの様子では、見えないほうが幸運なのかもしれない。そうはいっても、いつまでもこのままというわけにもいくまい。

(問題は、あの小娘か)

アシュレイは、突風が起こる寸前、祭壇の上にいた少女が悪魔の面を被《かぶ》った男の首を胴体から引きちぎる瞬間を目撃した。にわかには信じられない光景だったが、己《おのれ》の目が見たものはそのまま受け入れることにしているアシュレイには、多少のことでは幻覚など見ないという自分に対する絶対の自信があるのだ。

村で聞いた伝説をそのまま信じるのであれば、これは安穏《あんのん》としていられるような状態ではない。処女の禁を犯されて復讐《ふくしゅう》の怨念《おんねん》が目覚めた今、それは、自分やユウリを含め現在この城に集まっているすべての人間を殺すまでは再び眠りにはつかないはずだ。

無差別――――。

それが、アシュレイの動きを封じていた。

持ち合わせの懐中電灯をつけた何人かの者が断末魔の叫びをあげたのを知ってしまった以上、同じ危険を冒す気にもならない。唯一の救いは、出入り口にいちばん近い位置にいることか。最悪の場合は、ユウリを抱えて怨霊《おんりょう》と徒競走《と》である。

とりあえず、今いちばん知りたいのは、取り憑《つ》かれた少女がまだここにいるのかどうかである。それで先ほどから神経を張り詰めて周囲の気配を探っているのだが、シャンデリアが落ちて以来それらしい動きは感じられなかった。

その時、腕の中のユウリが身じろぎした。

暗がりを通して見おろし、アシュレイはホッとする。手で探ったかぎりでは怪我《けが》をしている様子はなかったが、動かない相手に見えないところでどうかしてしまったのではないかと気になっていたのだ。

「おい、大丈夫か」

「う……ん」

　もたれていた状態からわずかに身体《からだ》を起こしたユウリは、アシュレイの胸元を探りながら、「えっ」と声をあげる。目を開けても暗いままの状態に不安を感じたらしいユウリは、すぐさま状況を思い出したように「ああ、そうか」と納得した。

「アシュレイ……だよね？」

「ああ。お前、怪我《けが》はないか？」

「うん。たぶん。痛いところはないから大丈夫。アシュレイは？」

　自分を庇《かば》うような姿勢だったことを思い出し、ユウリはそっと相手に手を伸ばす。

「俺を誰だと思ってんだ？」

　軽く受け流し、アシュレイは伸ばされた腕を摑《つか》んで自分のほうに引き寄せた。そのままユウリのうなじに手を回して、熱でも測るように様子を見る。

「なるほど。怖いやつは近くにいそうもねえな……」

　ユウリは、自分の首筋をお化け探知機にしているアシュレイに、あきれると同時にホッとする。変わらぬふてぶてしさが、この状況下では頼もしい。首を巡らせたユウリは、そこに広がっているであろう惨状を想像して心を痛める。
　二、三の状況を確認し合い、とりあえず助けを求めなければいけないだろうと結論した二人は、周囲に気を配りながら慎重に立ち上がった。

その時。

ピカ、ピカッと閃光《せんこう》が走りジジジジと電流の通る音がして、地下の広間が人工的な明かりに照らされた。緊急時の非常灯がついたらしい。待ち望んだ電灯の明かりに、人々の間に歓喜の声があがる。

しかし闇《やみ》を払拭《ふっしょく》して室内を寒々と照らし出した蛍光灯のもとに見たのは、彼らの予想をはるかに上回る惨憺《さんたん》たる光景だった。

目を剝《む》き苦悶《くもん》の表情を浮かべて、重い鉄の輪の下敷きとなって死んでいる者。

飛んできた燭台《しょくだい》に顔面を突き刺されて息絶えた者。

首を引きちぎられた悪魔の面を被《かぶ》った男のほかに、鋭い刃物で首を切り取られた男の死体も転がっている。

足から血を流す者や腹部を押さえる者、頭から血を流している者もいて、それらすべてが全裸に近い格好でいることが、この光景をさらに地獄絵に近い異様なものに仕立てあげていた。

その目も当てられぬ惨状に、ユウリはこらえきれず隅に寄って嘔吐《おうと》する。

転がったワインの瓶を片手に近づいたアシュレイは、ユウリの背中をさすってやってから、瓶を差し出す。無言で受け取ったユウリは、何度か口をすすいで最後に一口飲み干した。

「大丈夫か？」
心配してくれるアシュレイに頷《うなず》いて、ユウリは口元をぬぐいながら立ち上がった。
その時、戸口に人影が現れた。
非常灯の薄暗さの中でひときわ清冽《せいれつ》な光を放つ人物が、足を止めて中の様子をじっと見つめている。
「……シモン」
何故《なぜ》か後ろめたい気持ちでいっぱいになりながら、ユウリがその名を口にする。
澄んだ水色の瞳《ひとみ》が、厳しさを湛《たた》えて室内の惨状を見ながら一巡する。
「何をぼんやりしているのだい。彼らを助けようという気はないわけ？」
やがて無言で歩き出したシモンは、ユウリの前を通り過ぎざま冷たい声で言い、そのま
ま足も止めずに落ちたシャンデリアの近くに寄ると、男も女も関係なく近くで泡を食って
座り込んでいる人たちを、理知的な声で正気に返らせ救出作業を開始した。慌ててユウリ
も作業に加わり、肩をすくめたアシュレイもそれを手伝う。
あっという間に十五人近い人間が引きずり出され、そのうち手当てが必要なのは十人ほ
どだと判明する。幸い怪我《けが》をしている人の中に現役の医者がいて、その場で応急処置をし
てくれることになった。
ユウリは医者の指示に従って消毒をしたり包帯を巻いたりしながら、怪我人の間を飛び

回っていた。作業の間、近くを通っても一言も口をきいてくれないシモンに、その怒りの深さを感じ取る。ともすればあの儀式の最中に遠ざかった面影を思い出して胃が締めつけられるようだったが、今さら何を考えても仕方がないと自分を叱咤《しった》する。

「あっ」

余計なことを考えていたせいか、ユウリはそばにあった燭台《しょくだい》の先で指先を切る。溢《あふ》れてくる血をぼんやり見ながら、ふいにすべての体力が流れ出すような幻覚に陥った。自分が間違っていたのか正しかったのか、それすらもわからなくなっている。これでは限界を知る前に、大きな穴に落ちてしまいそうだ。どうしてこんなにバカなのか。考えてもわからないほど自分は愚かなのかと自嘲《じちょう》する。

何もしないで見つめていた手を、後ろから誰かに引っぱられた。振り返るとアシュレイがあきれ顔で立っている。

「何してんだ、お前」

アシュレイは、引きずるようにユウリを引っぱっていって救急箱の横に座り込む。ユウリの手に消毒をして包帯を巻いてやるが、その間ずっと下を向いて肩を震わせているのを見て、ため息をつく。

「……ありがとう」

手当てがすむと、ユウリが苦しげな声で礼を言った。それが蒼白《そうはく》な顔と相まって痛ましく、「世話が焼ける」と小さくぼやいたアシュレイは、通りすがりに横目でこちらを見おろしたシモンの姿を捉《とら》えて青灰色の瞳《ひとみ》を光らせた。

「偉くなったものだな、ベルジュ」

毒のこもった声が、歩き去るシモンの背中にぶつけられる。立ち止まったシモンは、肩越しに振り返って悪意を放つ男を見る。地べたに座りレンガの飾りがある壁に寄りかかって下から挑むように見上げてくる男が、口元に嘲《あざけ》るような笑いを浮かべてシモンを挑発した。

「上から見おろすってのは、そんなに気分がいいもんかね?」

シモンの聡明《そうめい》な輝きを持った水色の瞳が、すっと冷たく細められた。

「こんなところで何を言い出すかと思えば、くだらない。用がなければ話しかけないでくれませんか。あなたと馴《な》れ合《あ》う気は毛頭ないんです」

シモンにしては珍しく、はっきりとした拒絶の言葉を投げかけて踵《きびす》を返そうとする。それを背中に聞いたユウリの身体《からだ》がピクリと揺れた。

「くだらない、ねえ」

アシュレイが、あだな仕草で唇に指をすべらせて反芻《はんすう》する。

「そりゃ、高みの見物気分のお前にとっちゃ、くだらないだろうさ。しかし汚《けが》らわしいものでも見るような目で見られるこっちは、たまらないね。そりゃ、お前は清廉潔白、おキレイで穢《けが》れを知らないお貴族サマかもしれないが、だからってそうじゃない人間を見下《みくだ》す権利が、お前にあるのか？」

シモンは、歩き出しかけた足を止めた。言われた言葉に驚いたように、アシュレイを振り返る。そこに見え隠れし始めた真意に対し、疑惑と当惑が混ざり合う。

「……誰が誰を見下していると？　そんなつもりはまったくありませんが」

「へえ？」

青黒髪《ブルネット》をかきあげて、アシュレイが不敵な笑いを浮かべた。

「とてもそうは思えんね」

言い置いて、顔からスッと笑いを消した。そのまま低い声で命令する。

「とっとと失《う》せな、目障《めざわ》りだ。お前ごときに断罪されるいわれは、誰もねえんだよ」

アシュレイに対し、シモンが初めて顔色を変えた。その表情に浮かぶ驚きと怒り。

空間が明らかに温度を下げた。凍りついた時間に口をきく者はない。立ち尽くすシモンと座ったたままふてぶてしく見上げてくるアシュレイ。

（この男がまさか――――）

シモンは状況が示す唯一の真実を認めたくなくて、黙ったまま考え続けた。しかし考えれば考えるほど、結論は一つに限定される。

アシュレイは、ユウリを庇《かば》ったのだ。

この計算高い男が、なんの見返りもなく人の役に立とうとするなど誰が想像できよう。しかもあろうことか、この状況では、シモン自身からユウリを庇《かば》ったことになる。

シモンの心に痛みにも似た感情が走りぬける。

（第三者に庇われなければならないようなことを、自分はユウリにしたのだろうか）

ここに来て最初にユウリの姿を見た時、表情に後悔の色がありありと浮かんでいるのがわかった。それがシモンを複雑な心境にした。ユウリの中の後ろめたさは、明らかに自分に向けられたものだと思ったからだ。アシュレイと行動をともにすることを了承してしまったユウリ。わかっていてそうした、それがユウリの判断であったのだと思ったとたん、感情が先に立った。

他人に対して理性を超えるほど怒りを感じたのは、初めてだった。大抵怒りの根源は、自分の理性がくだす善悪の判断に基づくものであり、決して必要以上の怒りに駆られることはない。それが当たり前だと思っていたのに、今は、状況を考慮したりする以前にユウリの行動を責めてしまっていた。

だから、気づくのが遅れたのだ。ユウリが何に対して心を痛めていたのか、アシュレイに示《と》されるまでわからなかった。このアシュレイに、である。この男が誰かの気持ちを汲《く》み取るなど、太陽が西から昇っても考えられないと思っていた。それはほかならぬユウリに対しても同じで、都合よく利用するためだけに近づいたはずだった。それがいつの間にその方針を変えたのか。ただの略奪者だった男が、ユウリの理解者としてそばにいる。

（ああ、そういうことか）

そこまで考えて、ようやく一つの真実が見えてきた。ユウリを庇《かば》うことに見返りがないわけではない。それどころかそこには重要な意味があるのだ。シモンとユウリとアシュレイ、その三人の配置転換。庇う者と庇われる者と傷を負わせる者。

（やってくれる——）

シモンは唇を噛《か》む。

どんな状況も、自分のために利用する。口惜《くちお》しさの中で、相手の手口の鮮やかさ、才知に長《た》けた狡猾《こうかつ》さに驚嘆する。独占欲だの嫉妬心《しっとしん》だのに煩《わずら》わされている場合ではない。わずかな隙《すき》をも衝《つ》いてくるアシュレイに油断は禁物だと改めて思い直したシモンは、悄然《しょうぜん》と座るユウリに目を移した。それからゆっくりと近づいていく。

「悪《パ》かっ《ル》た《ド》ね《ン》、ユウリ」

背中を向けて座る身体《からだ》の脇《わき》へ回り、横から手を差し伸べて言った。小さく身を震わせたユウリが、頭を巡らしシモンを見上げる。その顔色があまりにも蒼白《そうはく》であるのに、シモンは驚いた。

「大丈夫かい？《ケスク・ヴ・ザヴェ》」

柔らかいフランス語で訊《き》かれ、ホッとしたようにユウリは頷《うなず》いた。しかし差し出された手を掴《つか》む気配はない。

ユウリはユウリで、自分にその手を取る資格があるのかどうかを考えていた。アシュレイがいわれもないことでシモンを詰《なじ》るのを聞きながら、ユウリは気がついてしまった。間違っていたのか、正しかったのか。それすらもわからないとさっきは思っていたが、それは当たり前だ。そんなことを考えずに、自分はここに来たのだから。

ユウリがここに来たのは、単に自分自身の好奇心に負けたからだ。しかも知りたかったのは、ここに何があるかではなく、自分の力がどこまで通用するかであった。その限界を思いながら、どうにかなるだろうという安易な結果を予想する。その矛盾。正誤の判定をくだす以前に正誤の判断をしていないから、正しいも何もなかったのだ。

そしてその結果は、目の前に累々と横たわっている。危険を察知していたのに対処できず、惨事は起きた。なんと愚かなことだろう。吐き気を催すのは、惨状に対してではなく自分自身に対してだった。

シモンの手を見つめたまま逡巡《しゅんじゅん》するユウリを見て、珍しく強引にシモンが腕を取った。いつもならユウリが動くまで待っていてくれるシモンであるだけに、ユウリはちょっと意外だったが、今はその強引さに助けられる。

「ごめん、シモン。アシュレイも、ごめんなさい。アシュレイのせいじゃないのに。庇《かば》ってもらう資格なんて、ない……」

「別にお前を庇《かば》ったわけじゃなく、こいつの取り澄ました顔を見ていると反吐《へど》が出るだけだ。気にするな」

　軽口に本音を覗《のぞ》かせてなだめるアシュレイに、シモンは軽く相手を睨《にら》みながら安心させるようにユウリを懐《ふところ》に抱き寄せる。

「ああ、わかったから、ユウリ。落ち着いて。きちんと息をしないと、血液の循環が悪くなって細胞が壊死《えし》してしまうよ」

　呼吸すら止めてしまうほど身体《からだ》を硬くしていたユウリに、シモンは顔色が悪かった原因を知る。どうやら軽いパニック状態に陥っているようだ。ほぐすように肩や背中を揉《も》みながら、気がかりそうに見おろす。

「だって、こんなことになるなんて！」

　ユウリが苦しげに叫ぶ。

「こんなみんな、ひどい。危険だってわかっていたはずなのに、僕は……」

　シモンはその断片的な告白を聞いて、何がユウリをここまで苦しめていたのかを理解した。たぶんパニックのせいだと思うが、必要以上の負債を抱え込んでいたらしい。

「ちょっと《エクーテ》、待った《アタンデ》、ユウリ」

　シモンが長い指先でユウリの口を塞《ふさ》いだ。

「確かに、君が自分の判断でここに来てこの騒ぎに巻き込まれたのは君の責任だし、君が悪い。それはアシュレイのせいでもないと思うよ。でも、落ち着いて考えてごらん。それはほかの人間も同じだ」

「……ほかの人も同じ？」

シモンの理知的な声が、高ぶった神経を和らげるように心地よく響く。ユウリは、あやされた子供のようにぼんやりと呟《つぶや》いた。

「そう。ここに来る判断をくだしたのは、何も君だけじゃない。ここにいる全員が各々《おのおの》の判断でここに来ているんだ。その結果としてこの状態があるのであって、君の判断の結果じゃない。その辺を取り違えては駄目だよ」

「僕の判断のせいじゃない……」

「当たり前じゃないか。それとも君は神様にでもなったつもりかい？」

泣いたせいで赤くなったユウリの鼻の頭を指先ではじいて、シモンは軽い嫌みでユウリの軽率な取り違えを諫《いさ》める。

「そんなつもりじゃ……」

目《メ》が覚めたように漆黒の瞳《ひとみ》を見開いたユウリに、シモンは優しく笑いかける。

「もちろん、知《ジュ》っ《・》て《セ》い《・》る《ス》よ《ラ》」

そう言ってユウリの髪を梳《す》き上《あ》げた。どうやら落ち着きを取り戻したらしいユウリだが、顔色は相変わらず優《すぐ》れない。

「ユウリ、本当に顔色が悪いね」

「そういえば、こいつ、さっき吐いたんだ」

ユウリに代わってアシュレイが言う。

「吐いた？」

シモンは、眉《まゆ》をひそめた。そうとも知らず、ユウリを苦しめた自分が情けない。そんなシモンの気持ちを見透かしたように、アシュレイがここぞとばかりに言う。

「これで、一つ貸しだな」

シモンはあきれ返ってアシュレイを見やった。どっちに転んでも痛くもかゆくもないくせに、平然と恩を売りつける狡猾《こうかつ》さに嘆息する。本当に厄介な男である。

「ありがとう、と言うべきですかね？」

「別に。お前のためじゃなく、抱き心地のいいユウリのためにやっただけだからな」

ちょっと突ついただけであっさり元のポジションを取り戻したシモンに、アシュレイは攻撃の手を緩めない。

「抱き心地？」

余計な一言を、見えすいた挑発とわかっていても、シモンは捨て置けずに反芻《はんすう》する。横目にユウリを窺《うかが》えば、蒼白《そうはく》な顔にうっすらと朱がさしている。

「そういう誤解を招くような言い方をわざわざするし……」

反論する弱々しい口調の中にもかすかな焦《あせ》りがある。ユウリ自身は気づいていないようだが、よほど後ろめたいことのあった証拠だ。

「へえ、誤解。すっかりその気だったくせに、誤解とは妙な――」

アシュレイが最後まで言えなかったのは、ユウリが投げつけた床のクッションが見事にヒットしたせいだった。

「あれは、一生の不覚だよ」

言ってしまってから、ユウリはハッとしたように口をつぐんだ。またしてもアシュレイの挑発に乗ってしまったと気がついて、ちらりとシモンを見上げれば、複雑そうな表情で見おろしている。

「元気そうだね、ユウリ」

やがて疲れた声でシモンが言った。

「その調子ならもう大丈夫かな。なんといっても楽しい話が聞けそうで、嬉《うれ》しいよ」

3

「なるほど」

　ユウリから話を聞いて、シモンは大体のことを理解した。ユウリが気にしている従兄《いとこ》の言葉、まだ会ったことのない男の真意はさすがに今の段階ではわからないが、少なくともその影響がユウリの中にあるということだけはわかった。それはそれで別の問題として心にとめておく必要があるだろう。

「それにしても、また仔馬《こうま》か。そいつはユウリにとって凶事なのか吉事なのか、どっちなのだろうね」

　シモンは言う。

「今のところトラブルメーカーでしかないようだけど、いったい何を望んでいるのか、話だけでは見当もつかない」

「うん。ただ、あれ自体は、悪いモノじゃないことだけは確かなんだ」

　レンガで装飾された壁を背もたれに座り込み額に手をやって考えていたシモンは、ユウリの言葉を聞いてから補足を求めてアシュレイを見た。

「それで、あなたは、どういう目算があってユウリを連れ込んだんです？」

「別に、ついでだよ。前にも言ったように、俺はウェルダンが陰で何をやっているかが知りたかった。隠されたものにこそ真実を求めがちなのは古来の伝統だ。それで様子を探っていたら、こいつがヒョコヒョコ現れた」

こいつと言いながら、アシュレイはユウリの頭をポンポン叩《たた》く。

「で、せっかくなら一人より二人のほうが楽しいってんで、連れていったまでだ。サンチョ、ワトソン、フライデー。冒険には従者が必要だろ」

そこで伸びをするように腕を伸ばしたアシュレイは、そのまま頭の後ろで手を組んだ。

「しかし、晩餐会《ばんさんかい》の顔ぶれからロクなものじゃないということはわかっていたが、あれほどひどいとは、正直予想外だ」

「ひどい？」

「ああ。ひどいなんてもんじゃない。イカサマもいいところだ」

「えっ、イカサマって……」

ショックを受けて繰り返したユウリに、アシュレイがその意図を察して吹き出す。儀式の最中の興奮が、単なる欲求不満の結果だったとしたらみっともないことこのうえない。

ユウリの危惧《きぐ》はそこにあった。

「安心しろ。あの香木は催淫作用《さいいんさよう》のあるものだし、何よりあの太鼓の音。あれは、間違いなく誰かに伝授された古代宗教の秘儀だ。魔の音とでもいうのかね。聞いているやつの神経を支配する力を持っている」

「魔の音……」

ユウリは、知らぬうちに身体《からだ》の奥に入り込んで内側から自分を支配した不可思議な律動を思い出しながら呟《つぶや》く。

「おそらく裏で太鼓を叩《たた》いていたやつが、術者だろうな。打楽器を使いそれに合わせて踊る儀式は、アフリカやアフロ・アメリカでも見られる」

「……アフリカ？」

ユウリは、口の中で呟いた。「アフリカ……南……、南から伸びる手」と続けながら、何か遠くの出来事を思い出すように漆黒の瞳《ひとみ》を翳《かげ》らせる。

その間も、シモンとアシュレイの話は続く。

「アフロ・アメリカということは、ジャマイカやそれこそブラジルのリオのカーニバルなどもそれに相当するということですかね」

シモンが訊《き》くと、アシュレイが「ああ」と頷《うなず》いて付け足す。

「ブードゥー教も含め、アフロ・アメリカの宗教の母体はアフリカの原始宗教にあって、西アフリカ起源の奴隷が広めたといわれている。ただし今度の場合は、音の作りがひどく単純だったし、俺はむしろアフリカ奥地の原始宗教に近い信仰を持った宗派じゃないかと思っている」

「それなのに、儀式自体は偽物《にせもの》だったと？」

「そう。猿真似《さるまね》ってやつだな」

シモンは考えるように眉間《みけん》に指を当てた。宗教の儀式における本物と偽物の違いが今ひとつわからない。

「偽物とは、どういうことですか？」

「偽物は偽物さ。どんな宗教にだって、最初にその宗教が成立するための真理体系というのがあるはずなんだ。全能神による宇宙創世であってもいいし、雑多な神々の顕現を奉《たてまつ》ってもいい。アフリカなら精霊オリサとの交霊などが有名だが、とにかくその宗教特有の世界観というのを持っていなくてはならず、その世界設定に合わせてさまざまな儀式形態が生まれてくる。そういう意味で、ヨーロッパキリスト教世界における中世以降の異端信仰だって、正統派でないだけで決して偽物というわけではない。何故《なぜ》なら、あれらの異端信仰には正統派キリスト教を上回る深い宗教的真理、教理が存在するからだ」

こういう時のアシュレイは、まさに水を得た魚のように生き生きしている。しかも聞き手が優秀なシモンとあっては、話の歯切れがどんどんよくなるのも当然だ。今もシモンが片手を翻《ひるがえ》して促したので、アシュレイは余計な説明を足す必要もなく先を続けられた。

「知っていると思うが、異端のほとんどは宗教論争に端を発し、時の権力者側の極めて世俗的な理由などから正統派教理に対する異端というレッテルを貼《は》られたものであり、それが変遷の過程で古代宗教の秘儀や生《い》け贄《にえ》なんかと結びつくうちに、邪教的な側面が付加されていった場合が多い。後世に黒魔術集団と言われるようになった秘密結社だって、そこに横たわる教義の奥深さは、一般人のレベルでは理解できないものがある。だが――」

アシュレイは、そこで祭壇のほうへ目をやった。

「ウェルダンのやっていたことには、前提となる教理が何も存在しない。ベリアルの召還に、テンプル騎士団のバフォメットを持ち出してくるくらいだ」

「テンプル騎士団って、なんだっけ？」

話に引き戻されたユウリが、シモンにそっと訊《き》いた。

「第一回十字軍の後に結成された護衛集団だよ」

「そう。キリスト教国家がエルサレムを奪った際に、アラブやそのほかの敵から身を守る目的で結成された騎士団。後に、邪教を奉じているとして弾劾されたんだが、そいつらが崇《あが》めていたのが、あの首を取られた男が被《かぶ》っていた悪魔の面というわけだ」

「バフォメット。確かに聞いたことがありますね」

シモンも頷《うなず》き、「それで？」と話の続きを促した。

「まあ、細かい論証はこの際置いといて、ウェルダンに関して言えば、あいつはただの淫《いん》蕩《とう》な詐欺師で、みんなで淫行に耽《ふけ》るために宗教を利用しているにすぎない。アフリカの術者にしても、ウェルダンが信仰に帰依《きえ》したわけではなく、単に買収でもしたんだろう」

「なるほど。本当の淫祀邪教《いんしじゃきょう》ですね」

「隠されたものにこそ真実どころか、お前の言ったとおり、まさに臭いものには蓋《ふた》のタイプだったわけだ。あいつに聖杯をくれてやるのは、まさに犬に聖なるものをやるなっていうキリストの教えに真っ向から逆らうようなもんだな」

「豚に真珠を投げるな、ですか。確かに」

アシュレイに同調してシニカルに笑ったシモンを見ながら、それは日本の諺《ことわざ》じゃなかったのかと内心思ったユウリだが、二人の失笑を買うのを恐れて黙っていた。

「まあ、そんなこんなで、あいつのやっていることはすべてインチキだから、あの儀式の影響で何か別の霊が入ったとも思えない。少女に乗り移ったのは、十中八九、処女にかけられた禁忌の呪《のろ》いだろうよ」

アシュレイが断言して、やおら立ち上がる。凝った身体《からだ》を動かしてあちこちストレッチをしていたが、思い出したようにシモンを見た。

「そういや、俺もベルジュに訊《き》こうと思っていたんだが……」

シモンは、視線だけで訊き返す。

「お前、どうしてここがわかった？」

「簡単です。ここの地響きは客室棟まで届きましたから、向こうでもちょっとした騒ぎになったのです。僕も部屋を出て様子を訊《き》きにウェルダンのところへ行こうとしたら、教会堂から逃げてきたという人が数人走ってくるのと鉢合わせて、大体の事情を知ったというわけです。ユウリの部屋を覗《のぞ》いてみたらもぬけの殻だし、おそらくここなのではないかと思って来てみたら、案の定でした」

「逃げたやつね」

アシュレイが、嘲笑《ちょうしょう》する。自分だけ助かればそれでよしというウェルダンの心根がよくわかったからである。

「ウェルダンとシンクレア以外にも逃げ出せたやつがいたんだな」

「えっ。シンクレアもいたんですか？」

「ああ」

そこで、しばしの沈黙が訪れる。それぞれが今後の展開を予測して、行動のめどを立てていた。やがて、アシュレイが上を向いてポツリと言う。

「外はどうなってる？」

「月が出ています」

シモンの返事に、アシュレイは意外そうに訊き返した。

「月？　晴れたのか」

シモンは頷《うなず》き、腕の時計に目を落とした。

「あと一時間もしないうちに夜が明けます」

その言葉を聞いて、ユウリは一刻も早く夜が明けないかと、祈るように組んだ両手に額をのせた。

「ユウリ、やっぱり具合が悪い？」

「えっ」

ユウリは驚いて顔をあげる。

「精神的なものが大きいんだろう。休んだほうがよさそうだな」

「でも、取《と》り憑《つ》かれた少女は？」

ユウリの言葉に、シモンとアシュレイは顔を見合わせた。

「どうも、目の前にいないと、緊張感が出ない」

「その点は同感です」

妙なところで気が合っている二人だが、ユウリはその豪胆さに尊敬を通り越してあきれ返る。この城から生きて戻るとしたら、間違いなくこの二人だろう。心強いといえば、これほどに心強い人間はいない。

「捜してどうなるってもんでもないだろうが……」

面倒くさそうに言って、アシュレイがユウリを見る。続きを受けて、シモンが柔らかく言った。

「捜し出して、会ってみるかい？」

ユウリは頷《うなず》いた。すでに城全体を覆う恐怖をはらんだ冷たく残酷な空気は感じ取っている。ただし、そこにはっきりとした悪意があるわけではない。むしろプログラムされたシステムが作動し、自分たちがその中にはまり込んでいるような感じである。すぐ隣に無機的な命令があって実行されるのを待っているようで、その奥にある実態を掴《つか》む術《すべ》がないのだ。何がどうなっているのかを知るためにも、命令を媒介しているその少女に会ってみるのが、いちばんいい方法だとユウリには思えた。

立ち上がって歩き出した三人は、祭壇のところまで来て床の上に転がった聖杯を見つけた。

「シモン、見て」

そう言って祭壇の下にもぐり込んだユウリは、取り上げた聖杯をシモンに見せる。

「本当だ。お宝を放《ほう》り出《だ》して逃げるんだから、アシュレイの言うとおり、確かに探求者としてはたかが知れている」

寄ってきたアシュレイも、青灰色の瞳《ひとみ》を細めて笑う。

「気づいてもいないんじゃねえか」

「そうですね。まあ、ちょうどいいや。しばらく借りておこう。この消えかけた文字のことも調べてみたいし……」

シモンは、仮にも聖杯と崇《あが》められたものをクルクルッと軽やかに投げ上げて、水色の瞳《ひとみ》を悪戯《いたずら》っ子《こ》っぽく輝かせた。

4

中庭に面した教会堂の西側正面入り口から外に出た彼らを、夜明け前の澄んだ空気が包み込んだ。空を仰げば、月が沈んだ後の暗い西の空には星がきらめき、東へ行くほどわずかな明るさを映して白んでいる。とはいえ、まだ陽《ひ》は昇っていない。

地上に目を戻せば、中庭を越えたところに見える居館が、暗い夜の景色の中に重い影となって浮かび上がっていた。

「なんか様子が変だな」

中庭を突っ切って来賓用の部屋がある建物に戻ったところで、アシュレイが鼻を動かした。空気にかすかに血の臭《にお》いが混じっている。

「もしかして、あいつ、こっちで暴れてたのか？」

「そのようです」

先頭を歩いていたシモンが、広間を過ぎて角を一つ曲がったところで立ち止まって応じた。後ろから覗《のぞ》き込《こ》むと、そこには、首から頭の半分もげた男が壁に手をついて絶命している。薄暗くてよく見えないが、どうやら足元は血の海と化しているようだ。

「死体を辿《たど》っていけば、会えるってか？」

「…………」

死体から顔を背けたユウリを腕に抱えて、シモンは考え込んだ。これは予想を上回る状況といえる。ヘラヘラしてはいるが、さしものアシュレイでさえ、顔色が失われているのがわかる。

その時、廊下を勢いよく走ってくる靴音が聞こえた。

「た、助けて」

血だまりに足を取られながら、こけつまろびつやってきた丸い小さな男が、彼らの姿を見て叫んだ。

「おい、あれ」

最初の音で身構えたアシュレイが、力を抜いて顎《あご》で示した。

「そうですね。サントスでしたっけ」

そのずんぐりむっくりした小柄な男は確かにこの城の執事で、ユウリは昨日から数えて三度目のハンプティ・ダンプティを頭の中で暗唱した。

「どうした？」

アシュレイが声をかけると、あからさまにホッとした様子でサントスは彼らの前に身を投げ出した。

「助けてください。恐ろしい、私はもう嫌です……」

語尾が震えて泣き出しそうだが、キョロキョロした目に怯《おび》えはない。それが妙にちぐはぐな印象を与えた。

サントスの話は、簡単だった。

ウェルダンに連れられてあのいまわしい集会から逃れたものの、ウェルダンが大事にしていた聖杯を置いてきてしまったので、罵《ののし》られ再び取りに戻るように命令された。しかし、どこで化け物に遭遇するかわからないと思うと、怖くて怖くて足が進まない。もとよりあんな忌《い》まわしい集会を開く主人の気が知れず、このまま逃げ出してしまおうかと考えていたのだという。

途方に暮れたようにボソボソ話すサントスは、ユウリの同情を引いた。大体サントスが捜すべき聖杯は、ここにいる人間の懐《ふところ》にあるのだ。ユウリが話の途中でちらりと見ると、シモンはしようがないなというように肩をすくめた。

話が終わったサントスに、シモンが言う。

「捜さなくても、聖杯はここにあるよ。教会の地下で拾ったんだ」

サントスは驚き、手渡された聖杯を大切そうに胸に抱いて何度も礼を言いながら彼らのもとを去っていった。

「結局、犬に投げたか」

歩いていくサントスの後ろ姿を見送りながら、アシュレイが皮肉をこめて言う。

「この場合は仕方ないでしょう。カエサルの物はカエサルに、ですよ。それより」

シモンはさらりと流してから、ユウリとアシュレイへ向き直る。

「静かすぎると思いませんか？」

シモンの投げた疑問に、アシュレイも「そういや」と応じた。様子を探るように口を閉ざした三人は、訪れた沈黙に耳を澄ます。断末魔の声はおろか、争う音すら聞こえてこない。館《やかた》じゅうが息を殺しているように、静まり返っている。

「変ですよね。彼女がまだ暴れているとしたら、どこかでなんらかの物音がしてもおかしくないはずです」

「確かに。また別のところに移ったか」

アシュレイの意見に、シモンが異論を唱える。

「あるいは、行動範囲になんらかの制約があるのかもしれませんね」

その言葉に、ユウリが反応した。

「月《リュヌ》――」

「えっ。ユウリ、今なんて言った？」

ユウリが珍しく言葉をフランス語で発したために、聞きそびれたシモンが問う。

「ああ、ごめん。月って言ったんだ。フランス語でリュヌだよね」

「そうだけど……」

「リュナティックって、昔は確か狂気という意味をはらんでいたって聞いたことがある。それで彼女も月に狂わされたんじゃないかって思ったんだ」

ユウリは、自身が体験した破壊への欲望を意識しながら言った。

「ありうるな。なんといっても、月の女神ディアナは処女の守護神だ」

ユウリの直感的な意見を理論的に補足したアシュレイ。そこでシモンが提案する。

「確かにそうですが、あくまでも推測の域を出ていません。まあでも、それなら彼女を捜すより、まずウェルダンのところへ行ってみませんか？」

「ウェルダンねえ」

「今後どうするかについて、考えを聞いておきたいと思うのですが」

眉間《みけん》を揉《も》むように押さえたアシュレイが、提案を吟味してから同意した。

「そうだな。もっとも逃げ出してなければの話だが」

皮肉な口調で付け足したアシュレイに、ユウリがポツリと「それは無理だと思うよ」と呟《つぶや》いた。

方向を転じて歩き出したアシュレイが振り返り、訝《いぶか》しげにシモンを見る。肩をすくめたシモンと二人、漆黒の瞳《ひとみ》を翳《かげ》らせたユウリに視線を移した。

「無理っていうのは、どういうことだ？」

「う……ん」

言ってよいものかどうか悩んでいる様子だったが、シモンに促されると諦《あきら》めたように吐息して言った。

「たぶん、呪《のろ》いが解除されるまで、この城からは出られないと思う」


ユウリの予言は的中した。

夜が明けて、ウェルダンを見つけられないまま仕方なく戻ってきた大広間で、彼らは人々が寄り集まって口々に騒ぎ立てる声を聞いた。

明るい太陽の下で惨状を目にした来客の幾人かが、早々に帰《かえ》り支度《じたく》をすませて車で山を下りたらしいが、途中の道が土砂崩れを起こし彼らを巻き添えにしたというのである。

どうやら処女の怨霊《おんりょう》は、一人も逃がす気はないらしい。

復旧には、二、三日要し、それまでは山を下りる術《すべ》はないと説明するサントスを、居並ぶ人々が責め立てる。応じるサントスは意外に淡々とした表情で、どうしても下りたいというのであれば、いちばん安全なのは北側の塔からロッククライミングで数十メートルの絶壁を河原まで下りることだと言った。

食事は、使用人がいるかぎり、毎回この広間に用意すること。電話線と電気が不通になっているので、夜までに蠟燭《ろうそく》と篝火《かがりび》を用意することなどを伝える。なるべく一人で行動しないようにとサントスが注意を喚起していると、来客の中で鋭い悲鳴があがった。

「キャアアアア」

人々が振り向くと、そこには全身血だらけのまま大ぶりの剣を引きずって歩く少女の姿があった。

逃げ惑う人々で、広間の中はパニック状態に陥る。せっかく用意された朝食が床に飛び散り、淹《い》れたてのコーヒーが黒い染《し》みとなって広がった。そこから漂う香りと人々の恐慌《きょうこう》がひどくアンバランスで、この光景を現実味の欠いたものに仕立てあげていた。

ユウリは、ふっと違和感を覚える。

陽光の下に、血なまぐさく不気味な姿をさらした少女は、どこか虚《うつ》ろで力がない。大勢の獲物を前に振りかざすでもなく引きずられた剣が、さらにそれを強調している。吸血鬼のように陽《ひ》の光を浴びて弱体化したのでなければ、これはなんだというのだろう。

（そうか！）

ユウリが思いつくのと、「死ねえ、化け物！」と叫んだ誰かが、猟銃の引き金を引いたのは、まったく同時であった。

パアアアアン。

高い銃声が空にこだまする。

撃たれた少女が、肩から血を噴き出しながら呆気《あっけ》なくくずおれていく。

勢いを得た銃撃者が、二発、三発と立て続けに撃とうと構えた時、ユウリは少女を庇《かば》うように飛び出していた。

「撃っちゃ駄目だ！」

驚いたのは、シモンとアシュレイである。

「ユウリ！」

とっさに二人は、別々の方向に踏み出した。

ユウリを腕に抱き込んで身を伏せたシモンと、間に合わずに引き金を引いた男の銃口を瞬時に蹴《け》り上《あ》げたアシュレイ。その見事な連係プレーが、惨事を回避した。

身体《からだ》を起こしたシモンは、乱れた前髪を梳《す》き上《あ》げて水色の瞳《ひとみ》で困ったようにユウリを見おろす。

「ユウリ、いったい？」

殺気だった人々を前に、ユウリの不可解な行為は弁明が必要だ。アシュレイも奪った銃を肩に担《かつ》ぎ、苦い表情で近づいてくる。

ユウリは、必死だった。

「殺しちゃ駄目だ」

「それはわかった。欲しいのは理由だ、ユウリ」

アシュレイが、心持ち後ろに首を傾《かし》げ、ユウリを見おろす。

「だって」

言いながら、ユウリは少女の蒼白《そうはく》な顔を覗《のぞ》き込《こ》む。

「彼女は、今はまったくの正気だから……」

「正気だって？」

ユウリの言葉に、居並ぶ人々の間に困惑が広がる。

「なんで、そんなことがあんたにわかるんだ？」

「そうだ、そうだ」

「この女は、昨日一晩で、どれだけの人間を殺したと思っている？」

「実は、坊主《ぼうず》も仲間なんじゃないのか？」

シモンは、眉間《みけん》に皺《しわ》を寄せた。出るべき疑問が出ただけのことであるが、あまり愉快な言葉ではない。

「ユウリは、彼女と面識はありませんよ。若造の言葉が信じられないのであれば、ベルジュの名に誓いますが、まだご不満がありますか？」

立ち上がり、ユウリを背に庇《かば》って詰め寄る人々に対面したシモンは、毅然《きぜん》とした態度で人々を睥睨《へいげい》する。あふれる高雅さが自然と人を従わせてしまうシモンの得がたい資質は、同窓の人間のみならず、自分よりはるかに高齢でなおかつ初対面の人間にも十分通用するものだった。

その様子を見て小さく口笛を吹いたアシュレイは、ちょうど人垣を割って現れた人物に注意を向ける。それは間違いなく、ウェルダンだった。たった一晩でずいぶんと老け込《ふこ》んだように見える城の主人は、のっそりと歩み寄って若い二人を睨《にら》みつけた。もとより淀《よど》んで生気のない目が、今では死んだ魚のように虚《うつ》ろだった。

「正気じゃないのがどうだというのだ？」

噛《か》みつくような勢いで、ウェルダンは言う。

「今、正気じゃないからといって、なんだというんだ。夜になればまた暴れ出すかもしれない。いや、間違いなく暴れ出す。そうなったら、誰に止められる？」

シモンは、水色の瞳《ひとみ》を真っ直《まっす》ぐウェルダンに向ける。言いたいことはわかるが、それが人殺しの言い訳になるとも思えない。見つめられ、わずかに勢いをそがれたウェルダンは、今度は訴えるように言葉を繋《つな》いだ。

「いいかね。私は、どれほど恐ろしい夜を過ごしたと思う。この女が手当たり次第に物を壊し人を殺《あや》めて歩く音を聞きながら、窓のない部屋で一人震えていたんだぞ。いつ扉を破って入ってくるかとビクビクしながら、一晩じゅう一睡もできず！」

最後のほうは感極まったように叫んで、ウェルダンは髪をかきむしった。

「再び暴れ出す前に、殺してしまえ。しょせんは身寄りのない孤児だ。誰が悲しむわけでもない」

　そんな言い草があるだろうか。ウェルダンは、ユウリの怒りに火をつけた。悲しむ者があろうがなかろうが、人の命の重さには関係ない。第一、彼女を巻き込んだのは、あれほど淫《みだ》らでつまらない儀式を催したウェルダン自身である。怨霊《おんりょう》が執拗《しつよう》に彼を狙《ねら》うのも、それを知っているからに決まっている。それまでシモンの後ろで事態の収拾に頭を悩ましていたユウリが、煙《けむ》るような漆黒の瞳《ひとみ》に深い怒りを湛《たた》えて立ち上がった。

「彼女を殺したところで、怨霊の怒りはおさまりません。必ず別の形であなたに襲いかかる。それでも、まだ彼女を殺したいですか？」

「当然だ。これは正当防衛だからな。文句があるなら、お前から殺《や》るぞ」

　常軌を逸した男の殺人予告に、さすがに居並ぶ者の間に緊張がみなぎる。

　と、そこへ人を食った笑いが響いた。

「よく言ったな。さすが悪魔ベリアルを奉じるだけのことはある。己《おのれ》の欲望のために身寄りのない少女を利用して、あげくに都合が悪くなったら殺してしまえ、とはね。まさしくあんたこそ立派なベリアルの子、殺戮《さつりく》の王の従僕だ。なあ、ところで、あんたは、ここにいる紳士淑女に対し、何故《なぜ》こんなことになってしまったか、その理由を説明したのか？」

　意地悪く問いを投げて、口元を引き上げるアシュレイ。残っているほとんどの招待客は、昨晩の儀式とは関係のない一般の権力者たちである。そんな人々の前で秘密の儀式を暴露されるということは、社会的な失墜を意味する。もちろん、わかってやっているのだから、アシュレイらしい攻撃だ。

「な、何を言っている」

焦《あせ》って言葉を失ったウェルダンは、そこで何かを探すように視線をさ迷わせた。やがて曇った瞳《ひとみ》が何かを捉《とら》え、新たな闘志を燃え上がらせる。ウェルダンの視線を追ったアシュレイは、そこにシンクレアの姿を見いだした。

「ははは。そうか。そうだったな」

ウェルダンが乾いた笑いを響かせて、元凶であるユウリを見つめる。

「いいだろう。では、こうしよう。君の言うとおり、少女は殺さないでおこう。つまり、我々は自分たちの命を君に預けるんだ。その少女が正気だって言うんなら、正気でなくなる原因を断ち切ってもらえばすむことだからな。聞いたところによれば、君には、そういう力があるそうじゃないか？」

ユウリは驚いて声も出なかった。目を見開いて、ウェルダンの背の高いがっちりとした身体《からだ》を見上げる。どうしてウェルダンが霊能力のことを知っているのか。動揺するユウリは、助けを求めるように漆黒の瞳を難しい表情のシモンに向ける。そばでアシュレイが、いまいましそうに舌打ちした。

と、その時。

誰かがユウリの手をそっと握り締めた。

ギクッと身をすくませたユウリが、恐る恐る振り返る。

そこには、倒れた少女がユウリにすがるような目を向けていた。まだあどけない唇が、何かを伝えようと必死で言葉を紡《つむ》ぎ出《だ》す。

（ゆ、に、こ、ん）

えっ、とユウリは目を見張った。

（ユニコーン？）

責任の擦《なす》りあいのような口論から意識を離し、少女の訴えにのみ精神を集中する。

（か、のじょ、を、か、い、ほう、し、て）

黒絹のような髪をかきあげて、ユウリは眉《まゆ》をひそめた。

（解放して――）

誰のことを言っているのだろう。ユウリは混乱する。しかし確かに自分は、何かを見逃しているのだ。いや、そうじゃない。初めからすべては一つのことしか言っていなかったのではないか？

（ゆに、こ、ん、つれ、て、つき、が、で、る、まえ……）

そこで、少女の意識が途絶えた。怪我《けが》と精神的な圧迫で相当弱っているようだ。このまま夜を迎えたら、おそらく彼女も生きてはいられまい。

ユウリは、ぎゅっと唇を嚙《か》み締《し》めた。

ウェルダンは、まだ続けている。

「いいか。君がもし失敗して、今宵《こよい》また被害者が出たら、それは全部君の責任だ。君が全部の責任を負うんだぞ」

「愚かしい」

シモンが、冷めた水色の瞳《ひとみ》を向けて蔑《さげす》むように言った。

「この期《ご》に及んで利益確保ですか。ここは陪審員のいる法廷ではありませんよ。第一、こんな子供に責任をおっかぶせてどういう気です。大の男が揃《そろ》いも揃って自分の身一つ守れないとは、情けないにもほどがある」

容赦のない調子で責めるシモンを、ユウリは腕に手をかけてそっと止めた。振り返ったシモンの前に、落ち着き払ったユウリがいる。ユウリの表情に怒りの色はなく、ただ神秘的に煙《けむ》る漆黒の瞳が、誰にも見えない唯一の真実に向けられているように気高い光を放っていた。

「行こう、シモン。彼女が呼んでいる」

第五章　聖獣の帰還

1

「これ、どうやって入るんだろう？」

　地上から五、六メートルほど上にぽっかりと開いた窓を見上げて、ユウリは途方に暮れたように言う。その頼りない言葉に、背後に立ったシモンとアシュレイは複雑そうな表情でちらりと視線を交わし合った。ユウリが、見えない手に導かれて動き出した時、彼らにできることはあまりない。そうかといって、相手がユウリであるかぎり、傍観者に徹するわけにもいかないのが現実だ。

　彼らがいるのは、北端に建つ頑強な塔の前である。教会堂の横、玄関口から上がってくる屋根つき階段の後ろ側に数メートル下がった土地があり、そこに周囲から完全に切り離された状態で、その塔は建っていた。城壁続きに建てられた南端の主塔に比べると幅は狭いが高さの点ではほぼ同じであるようだ。

騒ぎのあった居館の広間からユウリが彼らを強引に連れてきたのがこの場所だった。状況が呑《の》み込《こ》めないまま、とりあえずシモンが口にする。

「中世の城に見られるこういう独立した塔は、最終的に敵に包囲された時に立てこもることを前提に造られているから、通常の出入り口はない。ああいう高いところに設けられた窓に梯子《はしご》をかけて上り下りしたんだ。もちろん、改築の時に何もしていなければの話だけど」

シモンが説明している間、塔に近づいたアシュレイが探ったり蹴飛《けと》ばしたりして様子を窺《うかが》った。

「特に入り口らしいものはないし、手を加えた形跡もない。そういえば」

絶壁に面した東北側の壁以外を調べていたアシュレイが、二人のほうに戻りながら何か思い出したように言った。

「お前、本当にこの塔に入る気か？」

ユウリは、黙ったまま頷《うなず》く。

「やめたほうがいいかもしれないぞ。麓《ふもと》のカフェで聞いた話では、半年前にこの塔に入った工事人が、一人、原因不明の熱で死んでいるらしい」

ちょっとたじろいだユウリを、難しい表情のアシュレイが見おろす。

「カフェの親爺《おやじ》は、祟《たた》りの延長だと言っていたが……」

シモンも真剣な表情で考え込んだ。

「確かに、安易に入るべきではないかもしれない」

「どうして？」

シモンにまで言われてしまい、ユウリは不安そうな瞳《ひとみ》を塔の上方へ投げかけた。

「こういう塔は、たいていあの二階部分が一つの部屋になっていて、そこで人が生活できるようになっている。ただし、この下の部分」

そう言って、シモンは目の前の壁を指し示した。

「ここは、窓も何もない真っ暗な空間になっていて、二階部分にある床扉からあらゆる不要なものを放《ほう》り込《こ》むようになっている場合が多いんだ」

「あらゆる不要なもの？」

その言い方に引っかかりを感じてユウリが問えば、シモンが水色の瞳を曇らせて忌《い》まわしげに答えた。

「汚物なんかはもちろんだけど、それと同じように捕虜や罪人を穴に落とすんだ。当たり前だけど、中はきわめて不衛生だ。蛆虫《うじむし》や毒虫、ネズミ、蛇、いろいろなものが溢《あふ》れていたと思うから、まず落とされた人間は正気を保ってはいられなかっただろうよ」

ユウリは、あまりの衝撃に目をつぶる。身体《からだ》が震えるほどのおぞましさが湧《わ》き上《あ》がってきた。

「本当に、人間の道義心というのが何によって決まるのか不思議だよ。少なくとも絶対的な良心なんてものは存在していない」

「まったくだ。性善説だの性悪説だの、ひねくりまわしているやつの気が知れない。しょせんは動物が進化していく過程にあるだけの話だからな」

アシュレイがシモンの考えに痛烈な皮肉を付加し、すぐに話を元に戻した。

「つまり、お前の話によれば、この塔の一階部分は不衛生きわまりない状態で長い間密閉されていた可能性が高いわけだ」

「そういうことです。工事の人間が高熱で亡《な》くなったのも、おそらく密閉された空気に培養された毒素に感染したせいではないかと」

そこまで説明して、シモンは改めてユウリに目を向けた。

「そういうことだから、ユウリ。とりあえず一度きちんと考え直したほうが無難だと思うけど」

「……わかった」

ユウリは諦《あきら》めたように頷《うなず》いて、もう一度塔を見上げる。背後には、秋の気配を感じさせる穏やかな空が広がっている。

その時——。

ユウリは、はっとして、遠くを見るように目を細めた。

誰もいないはずの暗い窓辺に、黒い巻き毛が翻《ひるがえ》ってスッと奥へ消えていくのをユウリははっきりと見てしまった。

（やっぱり、そうなのか……）

白々とした陽光が見せた一瞬の白昼夢。しかしユウリは、同じ姿を確かに見たことがあった。

（最初から、一つのことしか示していなかったんだ）

名残を惜しむように塔をいつまでも見上げているユウリに、アシュレイが両手を広げて不満の意を示す。それも当然で、ユウリは思い立ったその足で何の説明もせずに二人をここまで引っ張ってきたのだ。

「これで、振り出しに戻るわけだが……。とりあえず、きっちり説明してもらおうか、ユウリ」

「あっ、えっと、ごめんなさい」

後頭部を軽く小突かれて我に返ったユウリは、慌てて謝る。

塔に入れば何か具体的なことを説明できると思っていたのだが、どうやら甘かったようだ。それにしてもこんなところで足踏みしているようでは、夕方までに何ができるというのだろう。ユウリはひどく不安になってきた。

「いいよ、ユウリ。大丈夫」

シモンが言って、ユウリの頭に手を伸ばした。目元に近い髪を梳《す》き上《あ》げ、安心させるように瞳《ひとみ》を覗《のぞ》き込《こ》む。

「落ち着いて、ゆっくり考えてみよう」

それからアシュレイに視線を移して、提案する。

「お腹《なか》も空《す》いたし、いったん部屋に引き上げませんか？」

「お腹ねえ……」

青灰色の瞳があきれたようにシモンを見返した。

「お前も、結構いい度胸をしているよ」

そうは言ったものの、基本的にアシュレイも同じ方針を持っている。目先の安全は確保されているということもあり、彼らはいったん居館に戻って仕切り直すことにした。

再度用意された朝食にありつき、部屋で血糊《ちのり》や泥のこびりついた服を脱いでシャワーを浴びてからアシュレイに提供してもらった服に着替える。全身黒のカンフー服を着たアシュレイが戦闘準備を万端に整えたいでたちであるのに対し、シモンはアシュレイの服の中でも比較的まともなコットンパンツにボタンラインに沿って派手な模様が入った白いコットンシャツをまとう。

体格に雲泥の差があるユウリはどうしようかと悩んでいたが、心配するまでもなくアシュレイが土産《みやげ》と言ってチャイナ服を一式くれた。包装されたまっさらなそれは、光沢のあるきれいな深緑の地に黄緑の糸で草花模様の刺繍《ししゅう》が入った品のいいものだった。ユウリの漆黒の髪によく映《は》える服はサイズもピッタリで、中国《ちゅうごく》帰りのアシュレイがどうやら本当にユウリに買ってきてくれたものらしい。

人心地がついた彼らは、再び北の塔の下へやってきた。

「いいかい、ユウリ。まず、どうしてこの塔なんだい？」

シモンの理知的で穏やかな声で質問されて、ユウリはゆっくりと考えていたことを話し始めた。

「よく考えたら、最初から気になっていたのはこの塔だけだったんだ。初めて城を目にした時も、シモンと釣りの帰りに思いがけず見た時も、いつもこの塔だけが僕の目を引き付けた。逆に言うと、この塔が僕を呼んでいたんじゃないかって思ったんだ。現にあの仔馬《こうま》だって、僕に塔を見せるために来たようなものだったし……。それに思い出したことがあって、最初にこの塔に上らされた時、僕はあの窓から助けを求めるように腕を伸ばす女の人を見た。きっとすべては、その女の人が解放してほしくてやっていたことなんだ」

「ちょっと待って、ユウリ」

シモンが優雅に片手をあげて制す。

「それは、話が一足飛びすぎる。その女の人が塔にいたことはいいとして、解放してほしがっているという考えはどこからきたのだい？」

「それは、さっき正気に戻った彼女が教えてくれたんだ」

それからユウリは、ウェルダンともめている時に、意識の混濁した少女がユウリに告げたことを二人に話した。

「ユニコーン……。確かにそう言ったのかい？」

「うん。月が昇るまでにユニコーンを連れて彼女のもとに行けって」

低くなった敷地に下りてくる階段に座り、話をしていたユウリは、そう言って二人の反応を窺《うかが》った。腕を組んで考え込んでいるシモンに対し、土の壁に片足をついて寄りかかっていたアシュレイは、青黒髪《ブルネット》をかきあげて口元にシニカルな笑みを浮かべた。

「なあ、ユウリ。ちょっと訊《き》くが、月が昇るまでにあと何時間くらいあると思う？」

「えっと」

ユウリは、空を見上げた。なんだかんだとバタバタしているうちに、すでに太陽は南天に差しかかろうとしている。日の入りよりも月の出が早いことを考えると、もうあと四、五時間しか残されていない。

「五時間くらい？」

「そうだな。で、その一角獣《ユニコーン》とやらはどこにいるんだ？」

意地悪く訊くアシュレイに、ユウリは困ったように視線をそらした。

「……わかりません」

わかりきった返事のくせに、アシュレイは大仰にため息をつく。

「まったく、ベルジュ、お前のせいだぞ。常日頃甘やかしているから、こんな太平楽な人間になるんだ」

「それは失礼しました。でもそう思うなら放《ほう》っておいていただけるとありがたいのですがね」

考え事を中断して、シモンはアシュレイに応じた。ここぞとばかりに希望を述べる。それが聞き入れられるとも思わなかったが、アシュレイの反応は思ったとおりである。

「逆だよ。お前に手を引けって言ってんだ。俺がスパルタ式で一から十まで手取り足取り酸《す》いも甘いも教え込んでやる。なあ、ユウリ」

ユウリは眉《まゆ》をさげた。アシュレイの言うことにも一理あるのだが、うんと頷《うなず》ける話ではない。それを横目に、シモンが言った。

「バカなことを言っていないで、ウェルダンのところに行きましょう。城主の蔵書か宝物庫の中に、何か手がかりになるものがあるかもしれない」

妥当な提案に、彼らは動き出した。短い階段を上がり教会堂の前を通りかかったところで、シモンが思い出したように言った。

「そういえば、ウェルダンはどうしてユウリの能力のことを知っていたのでしょう？」

「シンクレアだな。あいつが余計なことを城主に吹き込んだ。エンディミオンっていうからには、おそらくシンクレアは馬に乗って塔に上ったユウリを見たに違いない」

アシュレイは穿《うが》った意見を述べてから、詠《うた》うように呟《つぶや》いた。

「そは、存在せぬ獣なり――――か」

シモンが、ちょっと考えてから言った。

「リルケでしたっけ？」

「ああ。ユウリに挨拶《あいさつ》した時、シンクレアが呟いていた。あの時はわからなかったが、幻の一角獣《ユニコーン》を賛美する詩を口ずさんだわけだ。曰《いわ》く、存在しないが、人々が愛することで存在を純化したとして一角獣を讃《たた》えている。それにそうやって考えてみれば、ユウリには可能ってことになる」

「在《あ》らざるものを引き寄せる……？」

言いながら、ユウリを見たシモンの水色の瞳《ひとみ》が眩《まぶ》しげに細められた。

「大当《ジャックポット》たり。実際、こいつはもうすでに、一角獣の影を二度も踏んでいる」

「風のように走る仔馬《こうま》のことですね」

頭上で交わされる会話に耳を傾けていたユウリは、やがて漆黒の瞳を煙《けむ》らせる。

二人が言うように仔馬が一角獣の具現した存在であるならば、何故《なぜ》かんじんの角が生えていないのだろうか。そのことがユウリはとても気になった。あるいは、仔馬が現れたのには何か別の事情があるのかもしれない。

　ユウリは、ここに至ってようやく、仔馬《こうま》自身の願いというものについて考えてみる気になった。

2

「アシュレイは、どうしたんだろう？」

ウェルダンの許可を得、南側主塔の地下にある宝物庫にシモンとともにやってきたユウリは、二人を置いて姿を消してしまったアシュレイのことを訊《き》いた。

「さあ、僕にアシュレイのことをわかれと言われても、それは無理だよ」

入り口に立ち、腕を組んで中の様子を見渡しながら、シモンは気のない返事をする。

城の歴史を知りたいので資料室を見せてほしいと願いでると、ウェルダンは意外にあっさり了承してこの宝物庫に通してくれた。話によれば、ここはウェルダンが入手した城の見取り図には載っていなかった隠し部屋で、改装の時に偶然が重なって見つかったのだという。三階の書斎にある本はもっぱらウェルダンの愛読書ばかりで、見取り図を始め、城に由来するものはすべてこの部屋に集めてあるらしい。

三メートル四方ほどの狭い宝物庫は、断崖絶壁《だんがいぜっぺき》に面した東側面にそれとわからぬ明かりとりの窓があるほかには窓がなく、昼でも薄暗い部屋である。造りつけの棚や石を積んだ台の上に古めかしい本やノートが並べられ、中には羊皮紙に書かれた貴重な文献もあった。床やテーブルの上には、金銀宝石のちりばめられた装身具や家具、柄に凝った意匠のある剣、甲冑などが雑然と置かれ、数は少ないが数百年の長き眠りから覚めたばかりの品々は、きちんと手入れをして展示すればちょっとしたコレクションになる。おそらくウェルダンにそのような趣味はないだろうが、それももったいない話である。もっとも遠からず価値に気づいて、まとめてオークションにかけるに違いない。

そんなことを考えながら一わたり見終わったシモンは、ユウリと手分けして一角獣《ユニコーン》に由来する工芸品や美術品、またはこの城にいたと思われる人間の手になる記録文を探すことにした。

「まさか、こんなところで、一角獣に関《かか》わることになるとは思いもしなかったよ」

手と目を動かしながら、シモンがユウリに話しかける。「そうだね」と応じながら、すでに手元がおろそかになり始めたユウリが、取り上げた本を開きもしないでシモンのほうへ向き直った。

「ねえ、シモン。基本的なことかもしれないんだけど、一角獣の原典になる本って、何かあるの？」

「ないよ」

シモンは広げた本を一瞥《いちべつ》しただけでパタンと閉じ、次を取り上げながら、言下に否定する。

「そうなんだ。でもさっき、アシュレイは何かの詩を引用していたよね」

「あれは、リルケ」

次の本もすぐに閉じて、シモンはようやくユウリのほうへ向き直った。本棚に寄りかかって話をする姿は優雅で気品に満ちていて、蠟燭《ろうそく》の灯《ひ》の下でさえ淡い金色の髪は色褪《いろあ》せることがない。

「ロアールの城にあった一角獣《ユニコーン》のタピストリーを覚えているかい？」

「もちろん」

ユウリは即座に頷《うなず》く。忘れようとしても忘れられるものではない。

「前にも言ったとおり、あのオリジナルはアメリカに取られてしまったけれど、パリにはもう一つ、あれに対抗する連作タピストリーがある。クリュニー美術館に所蔵される『一角獣を連れた貴婦人』というのがそれで、リルケの詩はその一角獣に捧《ささ》げられたものといわれている。その頃にはすでに、想像上の動物として一角獣のイメージは確立されていたからね」

「ふうん」と頷くユウリに、シモンはその辺に置いてあった一冊を取って、目の前で開いてみせた。

「これなんか、ずいぶん昔のラテン語訳聖書だけど、ほら、ごらん」

言いながら、ユウリのほうへボロボロになった聖書の一ページを向ける。

「ミサでよく詠《うた》われる詩篇《しへん》に、『一角獣の角から弱き我が身を守りたまえ』と書いてあるだろう」

「本当だ」

「今でこそなくなってしまったけれど、こんなふうに中世から近年にかけて、一角獣《ユニコーン》は善悪の両義でキリスト教との関係を深めてきた」

シモンは聖書を閉じて脇《わき》に置く。

「もともとヨーロッパに一角獣の存在が広まったのは、もっぱらキリスト教の教父たちの宣伝によるものなんだ。当時一般的だったウルガタ聖書などは、今見たように一角獣の記述が当たり前のように用いられていたくらいだから、彼らの入れ込みようがわかるというものだよ」

「じゃあ、先に概念として入ってきてしまって、本当に原典といえる本はないんだ」

「そうだね。もし、あえて原典をあげるとしたら、『フュシオロゴス』という博物誌になるかな」

「フュシオロゴス？」

「そう《ウィ》」と頷《うなず》いたシモンが、言葉を繋《つな》いだ。

「ギリシャ語で書かれたこの博物誌は、ヨーロッパ各地でラテン語版写本や諸言語による写本が見つかっているから、当時の教養書だったとみてまず間違いないと思う。そこに書かれた処女に懐《なつ》くという一角獣の性質が、キリスト教文化圏で根強く残っている聖母マリアへの信仰と重なって、キリストを象徴する図柄として好まれるようになった」

「へえ」

ユウリは、「処女に懐《なつ》くねえ」と呟《つぶや》いて首を傾《かし》げた。それに合わせて、黒髪がさらりと揺れる。

「あれ、でも、さっきの詩篇《しへん》では、救世主というより悪の象徴みたいだったけど」

「それは時代だよ。需要に応じヘブライ語からギリシャ語に訳される際に一角獣《ユニコーン》が混入されたため、ヘレニズムの影響を受けたんだろう。それでキリストを象徴すると同時に反キリストをも象徴するような二元論的な要素が入ってしまった」

ユウリが頷《うなず》くのを確認して、シモンが続けた。

「一角獣の特質としてもう一つ有名なのが、解毒《げどく》の効用。毒に汚染された水に一角獣が角を差し入れてかき混ぜると、その汚染された水は浄化されるという言い伝えがある。その性質が広く知られるようになると、王侯貴族は、自分たちの食器にこぞって一角獣を描き始める。まさに一大ブームが来たようなものだ」

「ヨーロッパの王室って、毒殺とか多そうだもんね」

ユウリが何げなく漏らした感想に、シモンは苦笑する。賛否両論で言いたいことはあるが、始めたら話がそれてしまうので、「そうだね」と言うにとどめておく。その代わり、一角獣に関する結論を付け加えた。

「フュシオロゴスの時代には、インド産ともアフリカ産ともいわれ純粋に博物学的な存在だった一角獣《ユニコーン》が、キリスト教文化圏で概念化されたことで現在の幻想的な姿が作り上げられてきた。現代では、一角獣は幻の生き物として縁起物に利用されるくらいになったけれど、それでも未《いま》だに一角獣を追っている人間もいるらしいよ。彼らは取り憑《と》《つ》かれたように一角獣を探し求める」

「聖杯と同じだね」

「確かに。在《あ》りえないからこそ永遠でいられ、人はその永遠性に引かれるんだろう」

ユウリは、そこで思い出したことがあった。

「一つ角を求める人物に気をつけて……か」

次の本に手を伸ばしていたシモンだが、その呟《つぶや》きを逃さず、不思議そうな顔をした。

「それは警告のように聞こえるけど、誰が言った言葉？」

「えっ、あ」

ユウリは、ちょっと気まずそうに視線をそらせて下を向く。それから躊躇《ためら》いがちに教えた。

「……アンリだよ」

「アンリって、アンリ？　僕の弟の」

念を押されて頷《うなず》き返《かえ》せば、シモンの顔色がサッと変わった。

「なんだってアンリが君にそんなこと……。第一、いつアンリと話す機会が？」

思いのほか強い反応に、ユウリはたじろぎながら状況を教える。

「あの晩、僕の部屋に挨拶《あいさつ》に寄ってくれたんだ。十分くらい話したけど、結局言いたかったのは、そのことだったらしくて……」

シモンが、水色の瞳《ひとみ》で真剣にユウリを見つめた。

「それで、彼はほかに何を言った？」

「えっと、確か、そう。南から伸びる手に気をつけて、だったかな。それで、一つ角を追い求める者は、僕を傷つけるかもしれないとかなんとか……」

そこまで言ってから、ユウリは逆にシモンの端整な顔を覗《のぞ》き込《こ》む。

「アンリの予言って、そんなに中《あ》たるの？」

「ほぼ、百発百中といっていい」

手に取ったまま開いてもいない本を弄《もてあそ》びながら、シモンは思案顔で繰り返す。

「南から伸びる手、南、一つ角……、一角獣《ユニコーン》……、アフリカ原産……、アフリカ原産？」

シモンは、そこで顔をあげた。何かを思い出しかけたのだが、戸口にサントスが顔を覗かせたので思考が中断された。彼には、少女の介護を頼んであったのだ。シモンが手にした本にちらりと視線をくれて、サントスが言った。

「申し訳ありません。フォーダム様、お怪我《けが》をされたお嬢さんが、黒い髪の人を呼んでほしいと言っておりますが、どういたしましょうか」

ユウリとシモンは顔を見合わせた。先にユウリのほうが提案する。

「行ってくるよ。ここにいてもそれほど役に立ちそうもないし……。時間があまりないからシモンは作業を進めていてくれる？」

「それはかまわないけど……」

シモンとしては、ユウリを一人にするのがはばかられた。

「大丈夫。月の出までは心配ないよ。サントスも一緒だし」

ユウリが明るく言うので、しぶしぶ納得して別れることにする。

「とにかく絶対に勝手に動かないように。いいね」

「わかってる。とりあえず話を聞いたら、すぐ戻る」

なおも心配そうなシモンに笑いかけ、ユウリはサントスとともに宝物庫を後にした。

3

同じ頃、アシュレイは主塔の五階にいた。黒豹《くろひょう》のような敏捷《びんしょう》さで木の枝を伝ってバルコニーへの侵入を果たす。ここは、ウェルダンが使用する私的な空間である。窓から覗《のぞ》いた室内の様子は、アシュレイたちにあてがわれた客室に比べずっと近代的で暮らしやすく調えられている。

ユウリたちと一緒にウェルダンのもとを訪れたアシュレイは、その場の空気に独特な匂《にお》いを嗅《か》ぎ取《と》った。強い葉巻の香りはそれを吸っている男の顔を容易に思い出させ、不審に感じたアシュレイはシモンたちと別行動を取ることにした。いったん外に出てから、改めて不法侵入する。

基本的にアシュレイはこういうことが好きだった。表より裏、日向《ひなた》より陰、善行より悪行に魅力を感じる性質《たち》である。正面から入るよりひそかに進入するほうが、スリルがあって数倍楽しい。それに加え一人の身軽さもいいと思う。ユウリのような連れであれば誰かを伴うのも悪くないが、やはり自分には単独行動が性に合っているのだと改めて思う。もとより気兼ねするタイプでもないが、いつにも増して足取りが軽い。

最上階から入り、簡単に室内を物色しながら四階、三階と階段を下りる。特に目的があるわけではないが、シンクレアがここに来ているとしたら何が目的でウェルダンに近づくのかが知りたかった。ユウリの特殊な能力をウェルダンに教えたのは彼だろう。証拠があるわけではなかったが、最初からユウリに目をつけてつまらない名前で呼んでいたシンクレアには、何か思惑があるはずだ。あの紳士の仮面をつけた位階の保持者が何を知っているのか、そしてこの先ユウリを何に利用しようとしているのか、それが気になってここに来たアシュレイだった。

しばらくあちこち覗《のぞ》きながら歩いていると、三階の奥の部屋からボソボソと低い話し声が聞こえてきた。

ぴったりしたカンフーシューズを履いて歩くアシュレイからは、いっさいの物音がしない。歩き方にも体重をまったく感じさせない軽やかさがあり、すっと扉に身を寄せて中の様子を窺《うかが》う姿はなかなか堂に入っている。

「ですから、何度も申しあげているように、あの騒ぎで紛失してからまったく行方《ゆくえ》がわからないんですよ」

ウェルダンの荒々しい米語が、感情表現も豊かに告げている。困った、進退きわまったという焦《あせ》りが、ごつい身体《からだ》全体で表現される。鬱陶《うっとう》しい野郎だと、アシュレイは口元を嘲《ちょう》笑《しょうてき》的にゆがめる。

「私としても、最善を尽くしとるんです。サントスに言って捜させておるのですが、まあ、城内がこんなですので、彼も忙しいんでしょうよ。あれ以来、うんでもすんでもない。そりゃそうでしょう。あんな化け物が徘徊《はいかい》しているっていうのに、たかだか古めかしいカップの一つやそこらに気を配っていられるわけがない。命あってのモノダネですから」

「なるほど。どうやらあなたはわかっておられない」

アシュレイは、開け放たれた扉の蝶《ちょうつがい》番の隙間《すきま》から中を覗《のぞ》く。そこに、短いグレーの巻き毛が波を打つ隙のない身なりの紳士が見えた。正面の席でゆったりと葉巻をくゆらせながらウェルダンの相手をしているのは、やはりシンクレアだった。

「ヨーロッパの有閑階級にとって、聖杯というのは特別な意味を持つものです。たとえ、わずかでも可能性があると思えば、いや、まったくなくても、十字軍の遺産と聞いただけで目の色が変わるのですよ」

「しかし、こんな状況で誰があんなものに気を取られるっていうんです」

そんな酔狂な人間はあんたくらいだという目を、ウェルダンがする。シンクレアは、ダダをこねる子供を相手にしているように、首を振って失望感を表した。

「いいですか。事が宗教に関する知識人たちの熱狂というのは、遊び半分でこういう世界に首を突っ込んでいらっしゃるあなたには、想像もできないものがあるのです。世に真の十字架と呼ばれる、あの磔刑《たっけい》の十字架の木片でもあれば、彼らは殺人だって厭《いと》わないような人種です。まして、その辺に転がっている聖杯を我が物にしてしまうことくらい、彼らには訳ないことですよ」

ウェルダンは、あんぐりと口を開けてシンクレアを見ていた。アシュレイも、なるほどと口の中で呟《つぶや》いて納得する。どうやら、シンクレアの目的はあの聖杯を手に入れることらしい。よもや本物の聖杯などとは思っていないだろうが、何かの価値を見いだしているようだ。おそらく書かれた言葉か、あるいは器そのものか。

「いやはや、ヨーロッパの方というのは、もっとしとやかで上品な人種かと思っていましたよ。あのベルジュ家の息子なんて、まあ、同じ人間とは思えないじゃないですか」

「あれは、特別ですよ」

アシュレイは、二人の会話に首を傾《かし》げる。どうやらウェルダンの話しぶりでは、聖杯はまだ彼のもとにはないようだ。今朝のうちにサントスに渡したことを考えると、これは何か変ではないか。

「では、あの少年は？」

ウェルダンの問いに、アシュレイが耳をそばだてる。

「みんなの関心は、あの少年にありますよ。彼はなんだというのです。本当にあんな子供に神の怒りを解くほどの力があるとでも？」

（神の怒り――――？）

アシュレイは、眉《まゆ》をひそめた。

(なんの話だ?)

「そう。あなたは聖杯を使って神を汚《けが》し、その怒りに触れた。その災いはこの城全体を覆っている。あなたは聖杯を正当な持ち主に返さなくてはいけない」

椅子《いす》の背に身体《からだ》を預けお腹《なか》の上で手を組んだシンクレアが、低い声で告げる。ゆっくりと噛《か》んで含める言い方は、相手の意を操るほど静かな力を持っている。

(なるほど、そういうことか)

アシュレイは思った。こうやって、ウェルダンに暗示をかけて聖杯を手放させようという魂胆らしい。

「でもその前に、顕現した厄災《やくさい》を取り除く必要がある。言ったでしょう。彼は月が魅入った少年です。私は確かに月影が彼に手を伸ばすのを見ましたよ。私には見える。一つの連鎖がはっきり見えるんです。この厄災は月に関連している。彼がすべてを担《にな》って月へと赴《おもむ》いてくれるでしょう。彼に任せておきなさい。それより」

アシュレイは考え込んだ。シンクレアの言葉はあまりにも暗示的で、真実を衝《つ》いているのかまやかしでしかないのか、すぐには判断できない。とりあえず小生意気なお貴族サマの意見でも訊《き》いてみるかと、そっとその場を離れかけた。

「サントス殿は、いったいどういった方なのでしょう?」

やんわりとシンクレアが切り出した質問に、踏み出したアシュレイの足が止まった。シンクレアの物言いには何か深い意図が感じられたが、ウェルダンはあまり相手の思惑など考えないのか、気さくにしゃべりだす。もとよりアメリカ人は開放的な性質なのかもしれない。

「ああ、彼ですか。彼は、もともと私のボディーガードとして雇われたんですよ。詳しくは知りませんが、エチオピアで起きた七〇年代の内紛で、反政府組織のゲリラ要員として山岳地帯で活動をしていたらしいです。政権確立後に、ありきたりな仲間割れで飛び出して、職もなくウロウロしていたのを私の父が拾ったってわけです。当時彼はまだ十代だったはずで、もっとずっとギスギスしていましたよ。今じゃすっかり丸くなって……」

体型もね、と言って笑うウェルダンに、シンクレアもお追従《ついしょう》の笑いを浮かべる。

(エチオピアの山岳地帯?)

アシュレイは、何か引っかかってすっきりしない。どうやらそれはシンクレアも同じらしく、しばらく間を置いて質問を重ねた。

「サントス殿がアフリカのご出身ということは、もしかして、ご本人は否定なさっていたが、あの太鼓を叩《たた》いていたのは……？」

「彼ですよ。ゲリラ時代に身についた習性なのか、表に出たがらないのですが、私が宗教に踏み込んだのも彼からの影響が大きかった」

原始宗教の秘儀を性的堕落の正当化に利用されるのは、彼らのほうではもっともいむべきこととされるだろうが、根っからの享楽主義者にはそのことがわかっていない。

それにしても、サントスの印象が大きく変わる話だ。

(嫌な符合だな)

アシュレイの直感が働く。大切なことを忘れているような気がしてきたのだ。

彼はその足で寝室から書斎へ移動する。重ねられた本の一冊を無意識に手に取って、眉《まゆ》をひそめた。アシュレイの場合、書斎を見れば、その人物の人となりが大体わかる。ウェルダンは、さすがに実業家だけあって経済書はそれなりに良書が揃《そろ》っているが、思想やオカルト関連の本といったら、その辺の水晶や骸骨《がいこつ》が置いてあるようないかがわしい古本屋で二束三文の値で買ってきたようなものばかりである。

「一から勉強したほうがいいだろうよ」

アシュレイは、本を投げ出して歩き出す。もうこんな場所に用はない。

シモンがサントスに聖杯を渡したのは朝まだきのことだ。あの時、サントスは、捜してこいと命令されたと言っていたのだから、手に入ったらすぐにでも主人のところへ持っていくのが当然だろう。

アシュレイは、おおよその見当で執事であるサントスの部屋を探す。それは、すぐに見つかった。主塔の三階の一角、客室棟へ続く城壁との間に位置していた。

入ってみると、狭いが思ったよりこざっぱりしたきれいな部屋である。西南に大きな窓があり、そこから谷間に茂る鬱蒼《うっそう》とした木々が見おろせた。

物が少ない寂しい部屋だが、ちょうど午後の陽光が差す簡素な木の机の上に数冊の本が並んでいる。

そこで、アシュレイは目を見張る。

「あいつ、とんだ食わせ者だ」

机の上にはギリシャ語の辞書や本、それにあまり見かけない言語で書かれた聖書が置いてある。教養などまるでないような顔をして、ギリシャ語を読む男。

しかし、アシュレイが考えた古代宗教的な秘儀に関する呪物《じゅぶつ》は、何一つ見つからなかった。代わりにベッドの下から出てきたのは、ロッククライミングの道具が一式入ったナップザックだった。

そのあまりに異質なものを見た瞬間、アシュレイは何かを思い出しかけたのだが、それははっきりとした形を取る前に消えた。後で出来のいいお貴族サマの智恵《ちえ》でも拝借しようと、そのことはそれ以上考えずにすます。

一とおり見終わって部屋を出ようとしたアシュレイは、そこでもう一度机の上に目をやった。そこに広げられたノートの文字に目が引き寄せられる。

ギリシャ語の羅列を眺めていたアシュレイは、そこに重大な秘め事を見いだす。

（これは――――）

記憶力はいいほうである。はっきり覚えているわけではないが、間違いないだろう。

アシュレイが青黒髪《ブルネット》をかきあげた。その細めた目の奥で青灰色の瞳《ひとみ》が、妖《あや》しい光を帯びて燃え上がる。

（ふざけてやがる――――）

アシュレイは、ノートからその箇所を破り取ると、慌ただしくその場を後にした。

4

「おい、のん気に本なんて読んでいる場合じゃないぞ」

二重に入り組んだ扉口を抜けたアシュレイは、開口一番シモンをどやしつけた。座りもせずに古ぼけた羊皮紙の束に目を落としていたシモンは、煩《うるさ》そうに振り返る。

「のん気と言われても困りますけど。これでもそれなりに……、何があったんです？」

相手のただならぬ様子に気がついて、シモンは軽口をやめた。そのシモンに、アシュレイが「これだよ」と言って、指先につまんだ紙の切れ端を突きつける。

そこに書かれた文字にサッと目を通したシモンが、思慮深い水色の瞳《ひとみ》をアシュレイに向けた。

「これを、どこで？」

「どこだと思う？」

意地悪く焦《じ》らすアシュレイに、シモンの眉間《みけん》に皺《しわ》が寄る。

「知りませんよ。シンクレアですか？」

「それなら俺も納得するんだがね。……サントスの部屋だ」

「サントス？」

シモンがその意外な情報をじっくりと吟味するように呟《つぶや》いた。

アシュレイの差し出した紙片、サントスの部屋のノートから切り取ってきたものであるが、それに書かれていたのは、聖杯とされる象牙《ぞうげ》の酒杯を飾る金の輪に彫られた言葉であった。一段目と三段目をそのままに、二段目の磨耗して大半が読めなくなっていた文字を補って、文章を完成させていたのである。

「あいつ、とんだ食わせ者だぜ」

シモンが目をあげて視線だけで応じる。

「さっき、ウェルダンとシンクレアの話を立ち聞きしたんだが、まずあいつは聖杯をウェルダンに渡していない」

「聖杯を？」

どうしてだろう、と呟《つぶや》いたシモンに、アシュレイも肩をすくめる。

「俺もそれが不思議でね。あいつも聖杯探求者だったということなのかもしれないが」

あまり納得がいかないように言うアシュレイに、シモンが続きを促した。考える前に情報をインプットする必要がある。

「それで、ほかには」

「あいつは、エチオピア出身の呪術師《じゅじゅつし》らしい」

「エチオピア⁉」

その一語がシモンにもたらした驚愕《きょうがく》は、アシュレイの想像以上に激しかった。

「なんだ、エチオピアがどうかしたのか？」

訝《いぶか》しげに訊《き》き返《かえ》すアシュレイに、シモンは片手をあげて待てと合図する。その手で前髪をかきあげて考え込んだ。秀《ひい》でた知的な横顔に、次第に懸念《けねん》の影が落ちる。

「まずいな」

やがて、一言シモンが呟《つぶや》いた。それが何を指しているのかわからないまま、アシュレイが直感的にユウリの不在に思い至る。

「おい、ユウリは？」

シモンが天井《てんじょう》を仰ぎ、自分の愚かさを呪《のろ》った。それからアシュレイに向き直り、絶望的な口調で言う。

「ユウリは、サントスが連れていきました」

「……へえ」

一拍置いて、アシュレイが面白そうな声をあげた。

「それはまた、すごい展開だな」

「冗談を言っている場合じゃないんですよ」

シモンが、開いていた本を放《ほう》り出《だ》して戸口に向かった。

「しかし、別にサントスがユウリに何かすると決まったわけじゃ――――」

　シモンが厳しい表情でアシュレイを振り返った。

「僕もさっき知ったばかりですが、ユウリには今回予言がついているんです」

「予言？」

　アシュレイが不思議そうに訊《き》き返《かえ》す。あまりシモンの口から出る言葉とは思えなかったのだが、それに対してシモンは苦虫を噛《か》みつぶしたように顔をしかめた。

「ロアールで拾ったんです」

　つっけんどんに言って細かい事情をはぐらかす。シモンとしては、腹違いの弟であるアンリのことをあまり根掘り葉掘り訊かれたくない。アンリ自身に対しては何も思うところはないが、父親に対する憤懣《ふんまん》は大きい。そんな内情を、まして相手がアシュレイであるかぎり、絶対に知られたくなかった。

「ユウリが、南から伸びる手によって傷を負わされる、というものです。これを予言した人物はよほどのことがないかぎり他人の人生に干渉しないようにしているので、おそらくユウリの命に関《かか》わることでしょう。……南、エチオピア、アフリカの呪術師《じゅじゅつし》。それだけ揃《そろ》えば、慌てるに十分です」

　そう言ってシモンが取っ手に手を伸ばした時、ガチャガチャと外で音がして扉に鍵《かぎ》がかけられた。

「――――！」

シモンとアシュレイが顔を見合わせ、同時に扉にすがりつく。

「おい！」

シモンが取っ手を回し、アシュレイが扉を蹴《け》り上《あ》げる。

「ふざけんな。開けろ！」

口汚く罵《ののし》ってガンガン蹴飛ばすが、黒い鉄製の扉はびくともしない。

「静かにしろ、ガキどもが！」

扉の向こうから、丁寧さを捨てたウェルダンの声が聞こえた。

「お前たちにはしばらくそこにいてほしいという要請があったんだよ」

「要請？」

アシュレイは、形が変わるほど強く扉を蹴って訊《き》く。

「誰がそんな寝とぼけたことを言ったんだ。シンクレアか？」

「ひどい誤解ですよ、それは」

ウェルダンの野太い声に代わって、柔らかな英語が言った。どうやらシンクレアもそこにいるらしい。

「安心なさい。要請してきたのは、ほかでもないユウリ君本人なのだから」

「ユウリが⁉」

「まさか！」

シモンも同時に声をあげる。ユウリがそんなことを言うはずはなかった。

「本当です。これからサントス氏と二人で悪霊鎮《あくりょうしず》めの儀式をするそうですが、そこにあなた方が来ては何かと邪魔のようですよ」

なんの含みもなくシンクレアが言ったので、アシュレイはちらりとシモンを見た。あるいは、本当にユウリがそう言ったのかもしれないと思ったのだ。

が、しかし、シモンは冷静に問い返した。

「ユウリが、直接そう言いに来たのですか？」

「いいえ。サントス氏が伝言を持ってきました。ああ、そう。ついでに彼が面白いことを教えてくれたのですがねえ」

そこでシンクレアの声が、微妙に変化した。ねちっこい人を舐《な》めるような嫌な話し方だ。

「例の聖杯ですが、君たちが持っていると彼が言っているのですが、どうなんですか？」

クッと喉《のど》を鳴らしたアシュレイが、嘲《あざけ》りをこめて言う。

「お笑いぐさだな。誰があんな紛《まが》い物《もの》の玩具《おもちゃ》を欲しがると思う」

「紛い物？　どうしてそんなことがわかるんです」

明らかにムッとした声になって、シンクレアが問う。それに対し、いいかげんアシュレイのいらだちが爆発する。状況が見えない偏執狂《モノマニア》は始末に負えない。あきれて話す気も失《う》せたのか、脇《わき》からシモンの姿が消えていた。

「当然の帰結だ。ヘブライ語でなくギリシャ語で書かれた文句を考えれば、どんな愚か者でもわかりそうなものだがね。ついでに教えてやるが、聖杯を持っているのは、あんたが信用したサントスだ。俺たちがあいつにくれてやったんだから間違いない。悪巧みをしているのは、あいつのほうさ。わかったら、とっとと鍵《かぎ》を開けてもらおうか」

「なんだって？」

シンクレアの声が慌てたように裏返った。

「それは、本当なのか？」

「ああ。あのアフリカの大将は、人を騙《だま》すのが得意らしい」

アシュレイの嘲笑《ちょうしょう》に、シンクレアの罵《ののし》りが重なる。慌てたような足音が、すぐに遠ざかっていく。

「あのバカ。ふざけんな！　ここを開けていけ！」

ガンッと扉を拳《こぶし》で叩《たた》くが、すでに何の応《こた》えもなかった。

「アシュレイ」

扉の前でいらだたしげに青黒髪《ブルネット》をかいたアシュレイは、背後からシモンに呼ばれて振り返った。

「こっちです」

やけに涼しい顔をしたシモンが、反対側に備え付けられた棚の横から手で差し招いている。訝《いぶか》しげに眉《まゆ》をひそめたアシュレイは、乱暴な足取りで中央にある石でできた幅広の台を回っていく。床にしゃがみこんだシモンの脇《わき》に立ったアシュレイは、そこに現れたものを目にして声をあげる。

「お前、こんなもの」

そこには、床に開いた扉があった。

周囲を置物や棚に囲まれて隠されていたが、その一部が崩壊して床が剝《む》き出《だ》しになっていたのでわかったのだろう。覗《のぞ》き込《こ》むと、薄暗い地下に向かって急な階段が見えている。

「いつ見つけたって？」

不満げに訊《き》くアシュレイに、シモンはあっさり返す。

「ここに来てすぐです。この辺りだけ妙にすっきりしているので、変だと思って調べてみたのです。すぐにわかりましたよ。おそらく例の騒ぎのあった時、ウェルダンたちがここを使ったのでしょう」

「へえ。それなら教会堂に繫《つな》がっているはずだな」

「そう思います」ジュ・コワ・ク・ウィ

「それにしても」

アシュレイが暗がりに消えていく階段を見おろしながら、手を腰に当ててひそかな怒りを示した。

「お前はわかっていながら、人が必死になるのを黙って見ていたわけだ」

アシュレイの隣でやはり足元に目を落としながら、シモンが白々と応じる。

「ええ、感動しましたよ」

青灰色の瞳《ひとみ》が、ジロッとシモンを睨《にら》みつける。

「お前もたいがい性格がいいようだな」

「あなたほどでは」

シモンも水色の瞳をあげて、危険な光を浮かべるアシュレイの視線を受け止めた。しばらく不毛な睨みあいが続き、ほぼ同時に視線をそらした。

「で、どっちが先に行く？」

「お先にどうぞ。蹴飛《けと》ばされて怪我《けが》をするのは真っ平ごめんです」

そこで、アシュレイを先に、二人は階段を下りていった。

ごつごつした岩壁が剝《む》き出《だ》しになった狭い空間に、二人の靴音がこだまする。どこかで地下水の漏れる音が断続的に聞こえ、吹き上げてくる湿っぽい空気が肌を撫《な》でた。二度ほど方向を転じた後、二人は天井《てんじょう》の高くなった広い通路に出てきた。

「地下通路ですね」

左右の壁が頭上に迫り来る細い道を見て、シモンが言う。

　足元に注意しながら歩き出した二人はしばらくは黙然としていたが、やがて暗がりに慣れてきたのかシモンが口を開いた。

「ちょっと話を整理しませんか？」

「ああ、そうだな。俺もいささか混乱している」

　クルリと周囲に懐中電灯を巡らせて方向を確認したアシュレイが、続けて言った。

「サントスはどうしてあの欠けた言葉を補えたんだ？　考えてみたらギリシャ語がわかったからといって、はいそうですかでできることじゃない」

「それなんですが」

　アシュレイに歩調を合わせながら歩くシモンが、問題のフレーズを正確に朗誦《ろうしょう》する。

「僕《しもべ》ダビデの家に救いの角が立てられた。一角獣《ユニコーン》はまことに永遠なる処女であるマリアの体内に入り、かくして、言葉は肉体を持ち、我々のもとに住まうことになった」

　シモンは一拍置いて、説明する。

「これは、『フュシオロゴス』の中の一角獣の項目にあるものなのです。『フュシオロゴス』はご存じですか？」

「ああ、知ってる。ヨーロッパに普及した博物誌みたいなものだな。だが、あれはラテン語、そのほかの写本が現存するくらいで、ギリシャ語で書かれたといわれる原典は見つかっていないだろ？」

シモンは、暗闇《くらやみ》の中でも淡く輝く白金《プラチナブロンド》の髪をかきあげた。

「そうですが、実はさっき僕が手にしていたのが、そのギリシャ語版『フュシオロゴス』だったんです。もちろんあれが原典なのか、ラテン語訳を経た後にギリシャ語に訳されたものかは科学的な調査をしないとわかりませんが、少なくともサントスの導き出した言葉は、あれからの引用だと思います。言葉がすべて一致していましたから」

「なるほど」

アシュレイは応じるが、さすがに用心深い。簡単に説得されないだけの思考力の持ち主だった。

「確かにサントスはあの部屋に入る機会もあるだろうし可能性がないとは言わないが、それにしても偶然に見つけたってのも、話ができすぎてやしないか？」

妥当な突っ込みを心強く思いながら、シモンは考えていたことを口にする。

「おっしゃるとおりですが、仮に偶然ではなく、サントスがずっと探し求めていたとしたらどうです？」

「探し求めてって、何を？」

「一角獣《ユニコーン》ですよ」

「一角獣？」

ふいに思い当たることがあったように、アシュレイはその言葉に反応した。横の気配を探りながら、シモンが先を続ける。

「というのも、一角獣《ユニコーン》の発祥地は基本的にはインドとされていますが、六世紀頃、インドへの航行者コスマスが、一角獣はエチオピアの山岳の深い谷底にいると航海日誌に記しているのです。そのために十九世紀になっても学者たちはエチオピアにその起源を求めて探索の手を伸ばしています」

「エチオピアの山岳か。まさにサントスのテリトリーだな」

「どういうことです？」

聞かされた言葉を不審げに追及するシモンに、今度はアシュレイが説明する。

「さっきは途中になったが、サントスはウェルダンに拾われる前は、エチオピアの山岳地帯で反政府組織のゲリラをやっていたらしい」

「それは……」

あまりに意外な情報に、シモンは一瞬絶句した。

「あいつの宗教体験も、きっと山岳地帯に残る原始宗教なのだろう」

しばらく黙って考え込んでいたシモンが、アシュレイの考えを補足する。

「それだけじゃないかもしれません。エチオピアは、現存するコプト派のキリスト教が国民の半数近くに支持されています。現在は敬虔《けいけん》なキリスト教徒ですが、三世紀にアレキサンドリアで成立した当初は、グノーシス主義の影響を色濃く受けて、正統派からは長らく異端のレッテルを貼《は》られてきました。ちなみに『フュシオロゴス』成立の有力な候補地も二世紀のアレキサンドリアです。この時代のアレキサンドリアは、東西文明の交流地で特に二元論が盛んだった。この地を通って二元論の洗礼を受けなかったものはないかもしれません。その証拠に智恵《ちえ》が肉体に入り苦しむという二元論的なグノーシス主義は、まさにキリスト教会における一角獣《ユニコーン》の存在そのものです。あるいは、それがサントスに、彼独自の一角獣信仰を持たせた可能性もあります」

「一角獣信仰ね――――。おい、待てよ」

感慨深く呟《つぶや》いたアシュレイは、何か思いついたように言った。

「サントスが聖杯を自分のものにしたのは、まさか」

シモンが大仰にため息をつく。

「同じ結論に達しました。探していた一角獣に関する物は、おそらくあの聖杯、というか一角獣の角で作った酒杯なのでしょう。あの記述はキリストを示唆したものでなく、フュシオロゴスに記された一角獣を導くための言葉だったわけです」

長い地下通路がようやく終わり、彼らは教会堂の地下室に出てきた。あの日の惨状を残したまま、怪我人《けがにん》が運び出された後の暗いガランとした空間が広がっている。その中を螺《ら》旋《せん》階段に向かいながら、シモンはアシュレイに訊《き》く。

「それで、サントスの目的はなんだと思いますか？」

「わからんね。ただ、あいつがユウリを使って何かの儀式を行うつもりだとしたら、誰にも邪魔されずにできる場所が一つだけある。あいつには簡単だが、普通の人間には入るのが難しい場所だ」

「もしかして、ロッククライミング？」

「そうだ。サントスがここから逃げる手段としてあげた時から、何か変だと思っていたんだ。例にしてはちょっと非現実的すぎる。しかし、山岳地帯で活動していたあいつにとっては日常茶飯事のことだったってわけだ」

そこで彼らは、教会堂の西正面入り口の扉を開けた。暮色の柔らかい陽射《ひざ》しが、目の前に広がる。闇《やみ》に慣れていた目をしばたたかせたシモンは、ふと見上げた空に「しまった」と呟《つぶや》いた。こちらを振り返ったアシュレイに、シモンはそのままの姿勢で告げる。

「月が昇ります」

5

水色の空に、月が出ていた。うっすらと白い昼の月だ。

窓辺に立った女が、それを見る。黒い巻き毛が艶《つや》やかな健康的で美しい娘だ。その娘の思考が、直接ユウリの頭に忍び入る。

(いつになったら、帰してくれるのだろう……)

窓から外を見ながら、憂鬱《ゆううつ》そうにつくため息。

(いや、今日こそは帰してもらわなければ)

急に勢いづいて決意を固める心。

(何故《なぜ》なら……)

踊りだしたくなるような陽気な気分が込み上げる。くすぐったいような幸福な気持ち。

(何故なら、明日は私の結婚式なのだから)

愛する男との結婚を今か今かと待ち望むワクワクした楽しい気分に、しかし、どんよりと暗い影がかかる。

そこへ、すべての元凶が登場する。残忍な目をした男。彼女は男が大嫌いだった。

「領主様、今日こそは、私を村へ帰してくださいますわね？」

「何故《なぜ》？」

冷たい声が返るのに、必死で後を続ける。

「だって、明日は私の結婚式です」

「結婚式」

わざとらしく驚いた男が、やがて残忍な笑いを浮かべて手を差し上げた。その手に掴《つか》まれていたのは、血の跡も生々しい男の首――。

「ジョルジュ！」

胸が裂けるような心痛が襲う。愛する男の無残な姿。その胸の痛みに追い討ちをかけるように、残忍な男が村じゅうに宣言する。

「サラは処女ではなかった」

汚《けが》された名誉に、心をえぐるような悲しみさえ乾いていく。代わりに燃え上がる怒りの炎。

「豊穣《ほうじょう》の女神の娘、サラよ。お前の肉体は、私を溺《おぼ》れさせる」

おぞましい言葉を聞いた瞬間、すべてを焼き尽くして余りある憤怒《ふんぬ》の情が身体《からだ》の中を駆け巡り、ついに出口を求めて飛び出していった。

「殺してやる！　月夜の狩人《かりゅうど》にして処女の守護神、夜の支配者である月の女神ディアナに願う。処女を汚す者すべてに、同じ苦しみが訪れんことを――！」

そして視界が暗転した。

……、……、……ト、ト、トン。

……、ト、トン。トン、ト、トン。

静かに、静かに、その音が降ってきた。

トン、ト、トン。トン、ト、トン。

トン、ト、トン。トン、ト、トン。

どこかで聞いたことのあるリズムが、断続的にしている。

トン、ト、トン。トン、ト、トン。

ふいに、ユウリは目が覚めた。

最初に目に入ったのは、オレンジ色に染まった空にくっきりと浮かびあがった白く丸い月だ。

(月が、昇った——？)

身体《からだ》を起こそうと動いたが、思うように動かない。代わりにジャラリと嫌な音が響き渡り、右足首に激痛が走る。内側の痛みではなく、触られると痛い。まるで表面がただれているような痛みだった。

しばらくして痛みが引き、真っ白になった思考力が戻ってくると、何故《なぜ》か世界が反転して見えた。目だけ動かして身の回りを窺《うかが》ったユウリは、自分が逆さ《さか》吊《づ》りにされているのを知った。鎖のついた足枷《あしかせ》がユウリの右足にはめられ、その鎖を十字架の形に組んだ板の先に巻きつけてユウリの身体を吊り上げているのだ。

トン、ト、トン。トン、ト、トン。

トン、ト、トン。トン、ト、トン。

その間も、音は規則正しく続いている。

ユウリは、ゆっくりと首だけを巡らせてその音のするほうを見た。すでに薄闇《うすやみ》が辺りを覆い始めているせいで、物の判別がつきにくい。夕暮れ時の暗さの中に、ユウリはかろうじて相手の顔を見分ける。

そこに、知った人物がいた。ハンプティ・ダンプティのようにずんぐりむっくりして気の弱そうなサントスが、今は黒いマントを羽織って無表情に太鼓を叩《たた》いている。胡座《あぐら》をかいて座り、そこに太鼓を固定して叩きながら口の中で何事か呟《つぶや》く。

ユウリは、次第に太鼓の音が耳について離れなくなってきた。これは、あのおぞましい儀式で用いられた太鼓と同じだ。ただ強度と速度が違うだけで、人の精神を乗っ取っていくのに変わりない。人が個々に持つ律動を混乱させて、己《おのれ》の枠にはめ込んでいく力を持った太鼓の音である。

「サントス……？」

声をかけるが、応《こた》えはない。

不安な気持ちを抑え、ユウリは周囲を観察する。少しずつ暗さに慣れてきた目が、そこに調えられた祭壇を見いだした。

イグサで編んだような敷物のそばに、香油の壺《つぼ》や研《と》がれた大小のナイフ、下の部分がやけに長い十字架などが並んでいる。やがてユウリは、それらの物に交じって聖杯が置いてあるのを発見する。

薄闇《うすやみ》の忍び入る部屋の中で、象牙地《ぞうげじ》の肌がぼんやりと七色の光を放つ。そのすっきりとしたフォルムが本当に美しい。

（あれ、この聖杯）

逆さまに見た聖杯が、ユウリに何かを語りかけた。先端をとがらせた姿で、ユウリに何かを言おうとしているのか。ユウリは混乱する頭で考えた。ともすれば、精神が離脱してしまいそうな浮遊感を覚えながら、考えることでなんとか自分を保っている。

（何かに似ている……？）

その時、ふいに太鼓の音がやんだ。ハッとして視線を戻すと、サントスが見たこともないような厳しい目で、ユウリをじっと見ていた。

ユウリは、戸惑う。

「サント──」

「お前は、何者だ？」

ユウリを遮って、サントスが低く絞り出すような声で言った。

「お前は、何故《なぜ》ここにいる？」

「何故……」

ユウリは返事につまる。けれど、サントスは、端《はな》から返事など期待してはいないように、赤く血走った目で話し続ける。

「故国の高き聖なる谷間には、神の使いが降りてくる。それは美しい一つ角を持つ獣の姿で人の中に入ってくる。私は一度だけ見たことがある。あれは、神だ。気高い神なのだ。私が探し求める崇高なる神。だが、ある時、神は世界への関与をやめてしまった。何故なら人に入った精霊が、道に迷ったからだ」

話しながら、サントスの目は一時もユウリから離れない。ユウリを、ユウリの魂を、見ることで引き出そうとでもいうかのように。

「あの日、神は祈りに応《こた》えなかった。戦いで両親も妹も殺され、亡骸《なきがら》を弔《とむら》うこともできなかった。私は、祈った。けれどついに神は応えなかった──」

サントスは、瞬《まばた》きもせず責めるように言う。

「それなのに、何故、お前はここにいる。何故、今になって降りてきた。お前が天から降りてきたのを、私はこの目で見て知っている。しかし、今では精霊が迷うことも、私は知っている」

立ち上がったサントスに腕を強く摑《つか》まれて、ユウリは悲鳴をあげた。揺らされるごとに気が遠くなるような激痛が足首を襲う。しかし、サントスは無表情にユウリを見おろし感情のこもらない声で言う。

「いいか。お前が今になって使わされた神か、それとも、人をからかうためにやってきた悪魔か。私はそれが知りたい」

ユウリの腕を放したサントスは、四つある蠟燭《ろうそく》に順繰《じゅんぐ》りに火をつけていく。一つつけるごとに、一言唱える。ユウリは、不安な面持ちでサントスの一挙手一投足を見つめる。今ではたっきりとした恐怖が心を支配していた。

(一つ角を持つ獣――)

サントスは確かにそう言った。それは、ここに来る直前、ロアールの本宅でシモンの弟のアンリが予知した言葉そのものだった。

(一つ角を追い求める者がユウリを傷つける。救いを求めるふりをして牙《きば》をむく。心しておくように……)
リ、リンと、高らかな音で鈴が鳴らされる。
ピクッとユウリの身体《からだ》が揺れた。

目の前では、サントスがナイフを取り上げたところだ。蠟燭《ろうそく》の揺らめきを受けて、研磨された刃先がまばゆく輝く。

再びユウリの手を取ったサントスは、ナイフをユウリの手首に押しつけて、スッと横に引いた。

（――――！）

目を閉じて顔を背けるユウリの手首に、焼けるような熱い痛みが走る。ツウウウッと流れ出した温かい液体は、だらんと垂らした手の先から雫《しずく》となって落ちていく。まるで太鼓のリズムに合わせるように規則正しく降り注ぐ。

ピチャン。

ピチャン。

受け止める聖杯が、ユウリの血の色で真っ赤に染まった。

サントスの声が聞こえる。

「これは、神の使いの角だ。正しきことを見極め、不浄になったものを浄化する。神であれば、お前はすぐに再生する。しかし、迷った聖霊の一味であるとしたら、この角は雷となってお前の身を焼き尽くすだろう」

そして、再開した太鼓の音に合わせて、唱えられる呪文《じゅもん》。

「オグニ、オグニ、セラハラ、パジャハ、ニグノ、サトラ、サラ、バンランマ、ヘーヨ、オグニ、オグニ、モノケロ、マンランパ……」

(角——。ああ、そうか。こんなところにあったんだ)

考えようとするユウリの頭が次第に痺《しび》れ思考力が失《う》せていく。視界がぼやけて物の輪郭が崩れ去る。ユウリは、すぐに考えることを放棄した。暗い暗い奈落《ならく》の底へと落ちていくように、意識がゆっくりと閉ざされた。

暗転——。

いっさいのものが見えなくなった真《ま》っ暗闇《くらやみ》。

ユウリは、そこにまばゆいばかりの閃光《せんこう》を見たように思った。


同じ頃、シモンとアシュレイは北の塔の下に立って、上に開いた窓を見ていた。

そこから聞こえる太鼓の音。

漏れてくる橙《だいだいいろ》色の灯火。

サントスは、間違いなくあの中にいるはずだった。

「どうやって上る?」

アシュレイの問いかけに、シモンは水色の瞳《ひとみ》にきつい怒りをにじませて黙っている。

「おい。わかっているだろうが、ただ怒っていても意味がない」

「わかっています」

低い声で言われた言葉に、シモンは苦しげな声で応じサッと踵《きびす》を返す。

「館《やかた》じゅうから梯子《はしご》や台を集めて、なんとかして上れるようなものを作りましょう。あるいは、工事の時に使用した梯子があるかもしれない。少なくとも昔は梯子を使っていたはずなんですから」

「それが、いちばん早いか」

アシュレイも口惜《くちお》しそうに呟《つぶや》いて、シモンの後を追う。

その時、背後の塔からユウリの悲鳴が聞こえてきた。

「――――！」

振り返ったアシュレイとシモンに明らかな狼狽《ろうばい》が走る。本当にユウリが傷つけられるなどということが、現実に起こるとは思わなかった二人である。それがにわかに現実となって襲いかかってきたのだ。

殺されるかもしれない――――。

その可能性が、目の前に転がる。気が狂いそうな焦燥感に駆られて、二人は城館に向かって走り出した。

しかし、階段を上がり教会堂の前を突っ切った辺りで、新たな現実が二人を襲う。

「た、助けてくれえええ！」

向こうから走ってくるのは、シンクレアを先頭にした数人の男女だ。それを追っているのは、今朝方弱々しくくずおれた人物と同じとはとうてい思えない、例の取《と》り憑《つ》かれた少女だった。彼女は修羅のような形相で剣を振り回している。しかもその足の速いことといったら、人間業ではない。ほとんど空を浮くように近づいてきては、手近な人間の頭を切り落とす。

さすがのシモンとアシュレイも、あっけに取られて足を止めた。どうやらやり過ごすことはできそうにない。

ウェルダンが、真っ先に彼らのもとに走り寄ってきた。

「あいつは、どうした。あの少年は！」

自分がアシュレイたちを閉じ込めていたことなどすっかり忘れたように取りすがってきたウェルダンを、アシュレイは瞬間的に殴りつけていた。この男たちのせいで、ユウリが今どんな目に遭っているかと思うと、怒り心頭に発したのだ。

「くだらない集会で眠っていた呪《じゅ》を呼び覚ましたのは、お前だ。せめて自分の命くらい自分でどうにかしろ！」

「しかし、女神に取り次ぎができるのは、彼だけのように見受けられますがね」

こんな最中にも、比較的冷静な態度でシンクレアが言った。眼鏡《めがね》の奥の瞳《ひとみ》は、相変わらず酷薄そうな輝きを帯びている。

この男に、死ぬかもしれないという恐怖はないのだろうか？　しかしすぐに現実を認識する。

シモンの思考に、一瞬そんな余計な疑問が浮かんだ。しかしすぐに現実を認識する。

「勘違いなさっているようですが、ユウリの力を利用する権利は、ユウリ以外の誰にもないことですよ。勝手に決めつけられては困ります」

そう応じて、横を通り抜けようと思った時、

「死ね！　化け物」

城館の窓からそんな声が聞こえ、鈍色《にびいろ》に光る銃口が荒れ狂う少女のほうへ向けられた。

パアアアアアアアアン。

高らかな音が、空気を引き裂いた。

人々の希望をのせたその銃声は、しかし絶望の結果をもたらしただけだった。

ドサッと鈍い音をたてて落下したのは、暴発した銃に頭を吹き飛ばされた階上の男のほうだった。

しん、と静まり返る空間。

一瞬の隙《すき》に動いた少女が、ラグビーの選手のような身体《からだ》をした城主に近寄った。

「ギャッ」

断末魔の叫びは、長く続かない。ウェルダンは、短い叫びを残してアッという間に事切れていた。

そこにいた人々が、凍りついたように動きを止める。

彼女は自分の成しえた仕事に満足したように、壮絶な笑いを浮かべて足元に転がる男の首を見おろしている。

やがて、彼女は次の標的に向けてゆっくりと顔をあげた。

その顔が、正面にいた端整な青年を捉《とら》える。淡く輝く白い髪に澄んだ水色の瞳《ひとみ》が美しい貴公子。暮れなずむ空を背景に端然と佇《たたず》むシモンの姿を、いったい彼女の目はどう捉えているのか。

ズイッと彼女が一歩踏み出した。下げていた剣を持ち直し、ゆっくりと上段に構えていく。

少女を真正面に捉えたシモンは、全身に緊張をみなぎらせてその場に佇んでいた。

一歩。

また一歩。

少女が間合いを詰めてくる。

ユウリの意識は、すぐに色彩を取り戻した。

暗転した闇《やみ》の底に見えた閃光《せんこう》は、ユウリをひどく懐《なつ》かしい気持ちにさせていた。何もかもが整然と秩序を取り戻し、身体《からだ》を浸していたリズムが消え去っていく。

そして取り戻した色彩は、初めのうちこそ極彩色の色が周囲にはじけていたが、やがて焦点が合うように輪郭線が絞られていき一つの映像を映し出す。

そこには、淡い輝きを放つ人物がいた。

（シモン――――）

ユウリは、懐《なつ》かしい気持ちでその名前を呼ぶ。

しかし、シモンは気づかずに、緊張した面持ちで何かをじっと見つめている。視線を移したユウリは、シモンの前に立ちはだかる人物を見た。

長い髪を逆立てて鬼気迫る形相をした少女が、月光にギラギラと輝く剣を振り上げて立っている。今にも振り下ろさんばかりの剣を大上段に構えたまま、隙《すき》のないシモンを前に躊躇《ちゅうちょ》している様子だ。

シモンのそばでは、アシュレイが同じく身体じゅうに緊張をみなぎらせて様子を窺《うかが》っている。

周囲にはおびただしいほどの血が飛び散り、首だけになったウェルダンが虚《うつ》ろな瞳《ひとみ》で空を見上げていた。

ユウリは、呼ぶべき名前を呼んで静かに少女に語りかけた。

（サラ――――）

剣を構えた少女の身体《からだ》が、ユウリの声にピクリと揺れる。

（サラ。駄目だよ。戻っておいで）

驚きに見開かれた目を、少女の瞳《ひとみ》を通してサラがする。

（そうだよ。君を助けたい。君を助けたいって、アレが僕に言うんだ。だから戻っておいで）

言いながらユウリは、彼女に向かってそっと手を差し伸べる。

少女の身体がブルッと震える。

その一瞬の隙《すき》を逃すアシュレイではない。横合いからアシュレイが少女に躍りかかるのと少女の手から剣がすべり落ちたのは、ほぼ同時だった。

（そうだ。おいでよ、サラ。すぐに君のところに行くから……）

ドサリ、と地に倒れ伏す少女の身体をアシュレイが庇《かば》うように支えた。それを横目にシモンが虚空《こくう》を見上げて、信じられないようにその名前を呟《つぶや》いた。

「ユウリ――――？」

その時。

階段のほうから、大勢の人間がやってくる音がした。中庭に押し寄せてきたのは、警官隊と救助隊の一団である。どうやら予定より早く道路の復旧が完了したらしい。一団の中に青ざめた顔をしたゴードンの姿もある。

にわかに現実味を取り戻した城内に立って、シモンはゆっくりと北の塔を見上げる。胸の内に過《よぎ》る不吉な予感。

(ユウリ、まさか――――?)

6

ユウリは、戻ってきた。

最初に耳にしたのは、やはり規則的に響く太鼓の音だ。

トン、ト、トン。トン、ト、トン。

トン、ト、トン。トン、ト、トン。

それに合わせた呪文《じゅもん》も続く。

しかしユウリにとって、その音はもはや意味をなさなくなっていた。ただ素通りしていくだけの音。今のユウリを占めている思いは、たった一つ。それに向けて、ゆっくりと手を伸ばしていく。

(こんなところにあったなんて……)

身体《からだ》を動かすと、そのたびに足首に激痛が走る。それでも、消えていない手足の感覚は肉体が滅びていない証拠だった。

ジャラッ。

ジャラッ。

足首を縛《いまし》める鎖が音をたてるたびに、ユウリは声にならない悲鳴をあげた。しかし手を伸ばすことはやめない。もう少しで届きそうだった。

「おおっ……」

サントスが、驚愕《きょうがく》の声をあげる。呪文《じゅもん》を唱えるのをやめ、太鼓を叩《たた》く手も止まっている。ただ魅入られたように、再び動き出したユウリのことを見ている。

「おお、蘇《よみがえ》った。蘇った。神が蘇ったのだ……」

ギラギラした目を向け、喜悦に顔を綻《ほころ》ばせている。

それでもユウリは気にしない。いや、目に入っていないのだ。必死で身体《からだ》を伸ばして、目の前にあるものを摑《つか》もうとする。

「クッ――――！」

振り絞った力で、勢いをつけて腕を伸ばす。足首が焼けつくように痛かったが、ついにユウリの指先は目的のものに届いた。

（お願いだよ、ユニコーン！）

必死の想いをこめて、ユウリは自分の血で染まった聖杯に手を伸ばした。

（君の角を返してあげるから――――！）

痺《しび》れた指先が、奇跡のように聖杯を摘《つ》まみ上《あ》げる。まさに血が血を呼ぶように、血塗られた聖杯がユウリの手に吸いついた。

（ああ、神様……）

ユウリは、ホッと吐息する。

外が急に騒がしくなった。人声が飛び交い、ガタガタと激しい音がする。その中にはサントスの喚《わめ》き声《ごえ》も混じっていたが、ユウリには余所事《よそごと》に気を配る余裕はなかった。

逆さに吊《つ》られたまま、聖杯を胸に引き上げて抱きしめる。荒くなった呼吸を鎮《しず》めるように深呼吸を繰り返し、やがて静かに呪文《じゅもん》を唱え出す。

「火の精霊《サラマンドラ》、水の精霊《ウンディーネ》、風の精霊《シルフィード》、地の精霊《コボルト》、四元《しげん》の大いなる力をもって、我を守り、願いを入れたまえ」

ユウリの言葉に応じるように、血塗られた聖杯から白い煙のようなものがフワフワと立ち上ってくる。それは、横へたなびいたりクルクルと回ったりして、自在に変化を繰り返しながらユウリの身体《からだ》に戯《たわむ》れた。

「三つの永遠に囚《とら》われし我が聖なる獣の力を解放せよ。彼に自由を与えたまえ」

静かに唱えられた宣言に続き、神を讃《たた》える言葉が述べられる。

「アダ　ギボル　レオラム　アドナイ」

とたん。

閃光《せんこう》が、辺りを白く染め上げた。

目を覆う白光が過《よぎ》ると、周囲は元の薄闇《うすやみ》を取り戻す。ただ、物の輪郭をぼやかすような暗がりの中に、ほんのりと青白く輝く生き物がいる。

「奇跡だ——」

窓辺によって梯子《はしご》をかけようとする闖入者《ちんにゅうしゃ》と戦っていたサントスが、後ろを振り返り呆然《ぼうぜん》とした声で呟《つぶや》いた。

「神よ！」

オオオウウッという獣の咆哮《ほうこう》にも似た慟哭《どうこく》が、サントスの口をついて出る。

「神よ、我が神よ！」

サントスが見ているのは、イグサの祭壇の上に横たわるユウリとそのかたわらに膝《ひざ》をつく純白の生き物である。

術の成就《じょうじゅ》ではじかれた拍子に吊《つ》るされていた十字架が倒れ、ユウリはイグサの祭壇の上に投げ出された。気を失いかけたユウリの頬《ほお》を、白い生き物がペロリと舐《な》める。

「お前……、やっぱりそうだったんだね」

ユウリは、見おろしてくる深い紺青色《こんじょういろ》の瞳《ひとみ》を見上げて感慨深く呟《つぶや》いた。

そこに現れたのは、ユウリをこの城に導いた白い仔馬《こうま》であった。真っ白の絹のようなたてがみも、深い紺青の瞳も変わらない。ただ一つ違うのは、額からスッと一本の角が生えていることだった。

伝説の一角獣《ユニコーン》——。

幻ゆえに永遠と詠《うた》われる気高き生き物が、目の前にいる。そしてユウリの手には、酒杯を飾っていた三つの輪が残された。一角獣の角を封じていた金の輪だ。

ユウリはそれを捨てると、差し出された角に摑《つか》まってゆっくりと起き上がる。足は相変わらず痛かったが、ユウリにはやらなければならないことがあった。そのためにユウリはここに呼ばれてきたのだ。

ユウリは部屋の隅まで歩いていき、床に見える取っ手に手をかけた。

「それに触るな！」

その剣幕に、ユウリの手がビクッと止まる。驚いて見上げれば、今まで呆然《ぼうぜん》とユウリと一角獣《ユニコーン》を見つめていたサントスが、恐怖に目を見開いて怒鳴っていた。

「半年前、工事に入った男はその蓋《ふた》を開けてからおかしくなったんだ。それまでは、ぴんぴんしていて元気だったのに……」

サントスは、震える声で言う。

「そこは開けてはならない禁断の扉だ！」

ユウリは煙《けむ》るような漆黒の瞳《ひとみ》でサントスを見つめていたが、すぐに視線をそらせて作業を開始した。

「やめろ、やめるんだ！」

気も狂わんばかりの勢いで走ってきたサントスは、そこで角を立てた一角獣に行く手を阻《はば》まれた。深い紺青色《こんじょういろ》の瞳《ひとみ》が、鋭い敵意を秘めてサントスに向けられる。

たたらを踏むように足を止めたサントスは、一角獣《ユニコーン》を困惑した顔で見つめる。

「お前は、お前は、誰の神なんだ？」

途方に暮れるサントスをよそに、ユウリの手がゆっくりと禁断の扉を開いていく。

ギギギギギッ。

地獄から響いてくる音のように、不気味な音が鳴り渡った。フワッと湿った空気が立ち上り、ユウリの鼻先をかすめる。

と――――。

そこへ、スッと一角獣が角を突き出してきた。

ユウリの顔の前で二、三回、円を描くように角を回し、それから開いた空間に向けて角を差し入れる。同じように角を回すと、そこから飛び散った鱗粉《りんぷん》のような白い光の塊《かたまり》が、真っ暗な空間にひらひらと舞い落ちていった。

ユウリは、黙ってその光景を見つめている。

まるで暗い夜空から雪が降ってくるように、暗闇《くらやみ》に向かって降り注ぐ光の玉。それが落ちた先でパッと光の粉を散らし、次第に空間がぼんやりした明かりに包み込まれていく。

袖《そで》を引かれて振り向けば、一角獣がユウリに向けて背中を低くしている姿がある。これは、乗れという合図である。

頷《うなず》いたユウリが一角獣《ユニコーン》の首筋に手を伸ばした時、ドンっと背中に強く当たるものがあった。

「―――！」

暗い空間のほうへユウリの身体《からだ》が傾《かし》いでいく。

「これは、俺の神だ！」

「ユウリ！」

狂おしいサントスの声に重なって背後で懐《なつ》かしい呼び声が聞こえたが、すでにユウリの身体は床にぽっかり開いた空間へ真っ逆さまに落ちていた。

耳元で風を切る音がする。何がどうなっているのか考える間もない。ふいにガクンと身体が揺れて足首に引きちぎれるほどの痛みが走ったが、落下の速度はそのまま緩やかになった。不思議に思って振り返れば、一角獣がユウリの足首についた足枷《あしかせ》の鎖をくわえている。そのまま器用に身体をさげてユウリを自分の背中に乗せ上げる。ユウリのほうでも必死で腕を伸ばして一角獣の背中に摑《つか》まった。

そうして、彼らは静かに床に着地した。

下では、燐光《りんこう》に包まれた青白い空間に一人の女がうずくまっていた。黒い巻き毛に健康そうな身体の美しい娘である。彼女は震える身体を丸めて、胸の中に大切そうに何かを抱え込んでいた。

一角獣《ユニコーン》の背中から降り立ったユウリは、彼女に近づいていく。

「サラ……。サラ、だよね？」

ユウリが話しかけると、彼女は静かに面をあげた。若く美しい顔が、悲しみの色に沈んでいる。彼女は頷《うなず》いた。

「タス、ケテ……」

彼女の唇から漏れる声。かすれた声が哀願する。

「ドウシテ……？」

ユウリは、彼女の前に立った。彼女は胸に抱きしめた物に力を加え、さらにきつく抱きしめる。まるでそれしかすがる物がないかのように。

「キョウ、ハ、ワタシ、ノ、ケッ、コンシキ、ナノニ、ドウ、シ、テ、コン、ナトコロ、デ、シナ、ナクテ、ハ、ナ、ラナ、イノ……」

そう言って彼女は、「アアアアッ」と苦しみの声をあげた。

夢にまで見た結婚式。村じゅうの祝福を浴びて愛する夫とささやかだが幸福な日々を過ごすはずだった彼女の未来は、ただ一人の残酷な支配者によって引き裂かれた。考えてもみなかったような惨《みじ》めな最期《さいご》を迎えて、彼女の無念はいかばかりであったろうか。

その彼女の恨みは、処女の守護神、月の女神ディアナが聞き届けた。けれどそのせいで、彼女の魂はここに縛りつけられることになる。流転《るてん》する万物の連環から取り残され、時の彼方《かなた》で孤独に浸る魂の悔恨。それは、与えられた恨みを晴らせたとしても、あまりに大きな代償だった。

サラの横にひざまずいたユウリは、彼女の肩にそっと手をかけて囁《ささや》いた。

「これは、婚約者のジョルジュだね？」

懐《ふところ》深く抱えた物を示すと、サラは嗚咽《おえつ》を漏らしながら頷《うなず》いた。

「ねえ、サラ。約束するよ。君とジョルジュの結婚式を挙げてあげる」

思いもかけぬ言葉に、サラが驚いたように顔をあげた。涙に濡《ぬ》れた黒い瞳《ひとみ》が、ユウリの顔をまじまじと見つめる。

「本当だよ、サラ。ずいぶん遅くなってしまったけれど、君たちは結婚するんだ。だから、もう君はジョルジュのところへ行かなくては……」

するとサラの顔がみるみる曇った。絶望的な表情で、顔を深く胸に埋める。

「ム、リ。ワタシ、ハ、イカリニ、マカ、セ、テ、メガミニ、チカイ、ヲ、タテ、テシマ、ッタ。タマ、シイハ、エ、イエ、ン、ニ、スクワ、レ、ナイ」

さめざめと泣き崩れるサラの身体《からだ》を、ユウリは優しく抱きしめる。

「サラ。聞いて、サラ。月の女神は、君の孤独の叫びを耳にしていたよ。彼女は、処女の味方だ。だからアレを遣《つか》わしたんだ。一角獣《ユニコーン》が君の請願を無に戻してくれる。君の純潔性を証明して、君を苦しみから解放してくれる。だからもう泣かなくていいんだ」

ユウリの言葉を証明するように、青白く輝く一角獣《ユニコーン》が燐光《りんこう》を撒《ま》き散《ち》らしながらサラのそばに寄ってきた。

すると、震えながら息を乱していたサラの横に、静かに身体《からだ》をすり寄せる。嗚咽《おえつ》を漏らすサラの呼吸がだんだん静かになっていく。やがて小さく喘《あえ》いだのを最後に、サラがゆっくり顔をあげた。

「ナン、テ、キレイ……」

間近に聖獣の姿を捉《とら》え、呆然《ぼうぜん》と呟《つぶや》くサラ。その彼女の前に、一角獣がスッと角を突き出した。驚いて目を見張るサラに、ユウリが元気づけるように横から言った。

「さあ、サラ。角に触って君の望みを言うんだよ。天空で女神が耳を傾けている」

ユウリは天井《てんじょう》を指差して微笑《ほほえ》んだ。その優しい微笑みにつられたように、サラがゆっくりと一角獣の角に手を伸ばす。

「サラ、君の望みは?」

促すように、ユウリが静かに訊《き》く。

「ワタシ、ノ、ノゾミ……。ワタシ、ノ、ジュンケツ、ハ、アイ、スル、オット、ジョルジュ、タダ、ヒトリニ――」

その瞬間、一角獣の角が真っ白に光り輝いて、ユウリはとっさに目をつぶった。まぶたの裏を焼いて閃光《せんこう》が走り抜ける。

次に目を開けた時には、サラの姿も一角獣の姿も消え失せていた。暗闇《くらやみ》に一人残された

ユウリは、足元に転がる二つの白い物を拾い上げる。

それは白骨化した頭蓋骨《ずがいこつ》だった。

「ユウリ！」

天井から懐《なつ》かしい声が落ちる。

幾つかの交錯する光に照らされて目を細めたユウリは、やがて投げられた縄梯子《なわばしご》を伝って下りてくる天使のようなシモンの姿を、安堵《あんど》の気持ちでいっぱいになりながらじっと見上げていた。

終章

街じゅうに結婚式の鐘が鳴り響く。

噴水のある村の中央広場から道を一つ入ったところに、ひっそりと佇《たたず》むロマネスク建築の教会があり、鐘はそこから鳴り響いていた。

広場のカフェで晩夏の午後を楽しむ人々が、鐘の音に不思議そうな目を教会のほうに向ける。静まり返った路地には、結婚式という華やかな式典が催されている気配はない。天高く昇った太陽の陽射《ひざ》しを遮って街路樹が濃い影を落とす石畳には、いつまで経《た》っても純白のウェディングドレスを身にまとった女性が現れる様子はなかった。やがて人々は鐘の音を聞き間違いと思い、それぞれが続きの会話や日常の雑事に戻っていった。そうして人々が不思議な鐘の音のことなどすっかり忘れ去った頃、教会のほうから三人連れの男たちが歩いてくるのが見えた。

背の高い二人のうち、一人は午後の陽に白く輝く髪をした品のいい男で、もう一人は長めの青黒髪《ブルネット》を首の後ろで束ね、小さな円いサングラスを鼻先に引っかけた妖《あや》しげな男である。その二人に囲まれて歩いているのは、東洋の顔立ちをした小奇麗《こぎれい》な少年だ。

　この三人、言わずと知れたシモンとアシュレイとユウリは、たった今教会で行われた結婚式に立ち会ってきたばかりだった。

　六十も後半にさしかかろうという年老いた教会の神父は、シモンから事情を聞くと快く面倒事を引き受けてくれた。手入れの行き届いた静謐《せいひつ》で敬虔《けいけん》な空気に満ちた教会の中で、ユウリ、シモン、アシュレイの三人を立会人とした結婚式は滞《とどこお》りなく終了し、主役の二人、サラとジョルジュの頭蓋骨《ずがいこつ》は、近いうちに共同墓地に埋葬されることになった。

　教会を後にした三人は、広場のカフェに腰をおろして、午後の陽射《ひざ》しが溢《あふ》れる街なかの風景にしばらく見入る。

　サラとの約束を果たし、肩の荷がおりたユウリは、軽くなった気持ちで運ばれてきたフレッシュジュースに手を伸ばした。そのユウリの手首に、ちらちらと包帯が見え隠れしている。長袖《ながそで》で隠しているが、真っ白い包帯が細い手首を覆うさまは痛々しく、シモンは見るたびに心が痛んだ。

　もちろん、ユウリの傷は手首よりも足首のほうがひどい。足枷《あしかせ》をはめられたまま逆さに吊《つ》られたせいで右足首の皮膚が剝《む》けてしまい、見るも無残な状態だった。

　あの塔の地下で見たユウリの姿を、シモンは一生忘れられそうにない。血を流し、立っているのもやっとの様子で、ひたすら自分を見上げていた頼りなげな姿。今にも消えてしまうのではないかと、腕に抱きとめるまでは気が気でなかった。

あの日から、三日が経《た》っている。

一連の出来事は、不可解な謎《なぞ》として迷宮入りすることになるだろう。何せ分別のある大人がみんな、祟《たた》りだの呪《のろ》いだのとこぞって同じ話をするのだ。しかも、全員一致の目撃証言で挙げられた犯人では、犯行を物理的に立証するのは不可能という状況だ。そこへさらに追い討ちをかけるように醜聞を恐れた一部の権力者が圧力をかけたこともあり、捜査の手がこれ以上伸びることはまずない。唯一サントスだけは、ベルジュ家の強硬な姿勢もあって、監禁暴行の罪に問われている。

建物のほうは、所蔵されていたものを展示する博物館になるようで、今度の事件も含めた幽霊騒動の場所として観光名所となるのは間違いないと、これはアシュレイの予測だ。

そのアシュレイには、一つ気になることがあった。聖杯探求者を自認するシンクレア博士のことである。

あの混乱の終焉《しゅうえん》に、シモンとともにユウリを連れて塔を下りたアシュレイは、何か言いたそうに立っていたシンクレアの前を通りかかった時、自分より背の低い相手をぞんざいに見おろして言った。

「いいものをやるよ。手、出しな」

シンクレアが不審感もあらわな表情で差し出した掌《てのひら》に、塔の上で拾った金色の輪を落とした。

「夢の欠片《かけら》だ。残念ながら、持ち主《カエサル》はほかにいたらしいな」

それだけ言ってクックッと笑ったアシュレイに、シンクレアはほんの一瞬だが表情を凍りつかせた。それが何の残骸《ざんがい》だか理解するのに数分を要する。やがてすべてを理解したシンクレアが、ふいに謎《なぞ》めいた微笑を浮かべた。

「――エネルギー保存の法則はご存じですよね」

やがて静かに言われたシンクレアの言葉に、今度はアシュレイが沈黙する。細めた目の奥で青灰色の瞳《ひとみ》が光る。

「消えたように見えるエネルギーも、実は形を変えただけで連環の中を移動しているにすぎない」

「何が言いたい」

低い声で短く問うアシュレイに、シンクレアは神経質そうに人差し指を左右に細かく振った。

「深い意味などありませんよ。ただあるべきエネルギーがどこへ移動したのか、はなはだ興味があります……」

言いながら、数歩先で立ち止まってこちらを見ているシモンに抱えられたユウリの姿に視線をすべらせる。

（気に入らない――――）

アシュレイは酷薄そうなシンクレアの瞳《ひとみ》を思い出しながら、幾つかの情報を頭に刻み直す。それから目の前でジュースをすするユウリを見やった。

「そういえば、あともう一週間で新学期だな」

嫌な気分を振り切るように、アシュレイはコーヒーを受け皿に戻して告げる。しかし人の気も知らずのんん気に「そうですねえ」と応じたユウリに、口調が意地悪くなる。

「そうですねえ、じゃないだろう、ユウリ。お前のその傷は、一週間やそこいらじゃ消えないぞ」

言われて、ユウリは自分の手首に視線を落とす。

「そうか。そうですね。でも今さらじたばたしてもしようがないし、別にいいですよ」

「へえ」

シモンが形のいい眉《まゆ》をひそめるのを横目に見ながら、アシュレイが楽しそうにユウリの手首を包帯の上から突ついた。

「この傷が、ベルジュと二人きりの旅行中についたと知ったら、皆はさぞかし、いろいろな想像を巡らせてくれると思うがね」

「いろいろな……？」

不思議そうに首を傾《かし》げるユウリに、シモンが横から口をはさむ。

「相変わらずよく気が回ることで結構ですが、どうせならもっとマシなことに気を遣《つか》ってください。それに、ほら、そろそろお別れの時間のようです」

面白くもなさそうに頬杖《ほおづえ》をついたまま、シモンは軽く顎《あご》で道のほうを示した。そこに一台の車が横付けされるところだった。

「ふうん。まあ、せいぜい残りの日を楽しみな。新学期からは、俺がたくさん遊んでやるからな、ユウリ」

そんな脅《おど》しともとれる挨拶《あいさつ》を残して、アシュレイは飄々《ひょうひょう》と立ち去っていった。不吉な影を追い払うようにアシュレイの乗った車が見えなくなるまでその場に居座っていたユウリとシモンは、ようやく二人の時間を取り戻して同時に大きく息を吐いた。

「まったく、さんざんな休みになってしまったね」

シモンは言いながら、テーブルの上に投げ出されたユウリの傷ついた手首を、包帯の上からそっと撫《な》でた。

「まだ痛む、よね？」

「ううん。そうでもないよ。クスリが効いているのかもしれないけど……。でも、なんかものすごい時間が経《た》った気がするけど、まだ六日しか過ぎていないんだよね」

それが嬉《うれ》しいことのように言って、ユウリはシモンを眩《まぶ》しげに見つめた。

「アシュレイの言じゃないけど、シモンと過ごす日がたくさん残っているのは嬉しいな。これから美味《おい》しいものをたくさん食べて、いろんなことをして遊びたい」

シモンは水色の瞳《ひとみ》を温かく和らげ、「そうだね」と言ってから席を立つ。

「では、まず手始めに、食材を選んで美味しいものを作ってもらおう。歩けそうかい、ユウリ」

「うん」

ユウリは笑顔で応じて、差し出された手に摑《つか》まって立ち上がった。

あとがき

早春の肌寒い朝まだきに香る沈丁花《じんちょうげ》が……、などと夢見心地《ゆめみごこち》でいたら、あっという間に暖かくなって桜が綻《ほころ》んでいました。今朝などは鶯《うぐいす》の鳴き声で目が覚めたのですが、これがまた妙に間が抜けていて、どうしてか「ホー、ホケ」「ホー、ホケ」で止まってしまうのです。蒲団《ふとん》の中で「?」と思いながら寝返りをうった私が再び眠りに落ちる寸前に聞いたのは、なんとか最後までたどり着いてはいるもののどこか尻上《しりあ》がりで自信なげな「ホー、ホケキョ?」という感じでした。う〜ん。明日は上達しているといいなあ。

ご挨拶《あいさつ》が遅れましたが、お元気ですか、篠原美季《しのはらみき》です。また半年という歳月がすたこらさっさと過ぎ去ってしまいました。なんてこったい。驚《おどろ》き桃《もも》の木山椒《きさんしょ》の木《き》、アニメのヤッターマンシリーズを見て育った私はこの後に「ブリキにタヌキに洗濯機」と続けてしまいたくなるのですが、なんか勢いがつきすぎて止まらなくなりそうで怖いですよね。そのまま最後まで付け足し言葉で埋めてしまったら、どうなるのだろう。……まあ、それはそれで圧巻かな。

桃といえば、我が家の桃が枝もたわわに花を咲かせています。なかなかの逸品で、私はこの桃が大好きです。『英国妖異譚《えいこくよういたん》』の前に書いた作品の中では、この桃をイメージした場面を出した覚えがあります。それはそれは、きれいで美しくそこはかとなく穏やかな場面に仕上がっていたように記憶します。な～んて、私が勝手にそう思っているだけですけどね、もちろん。自画自賛。

愚かなことを言っていないで、本題にはいりましょう。

さて、『英国妖異譚3　囚《とら》われの一角獣《ユニコーン》』をお届けしましたが、いかがでしたでしょう。今回は、「英国」と冠しながら、堂々とフランスを舞台に話を展開しております。なんとアナーキーな――――。とはいえ、フランスというだけあって、出てきましたねえ、シモンの家族。私もびっくりしています。シモンに双子《ふたご》の妹がいたなんて……。弟のアンリのことはなんとなく頭にあったのですが、双子は本当に予想外。いいのかなあ。でも妙にしっくりしていたように思うのは、私だけでしょうか。皆さんの反応が気になります。

まあ、こうなったら、次はアシュレイのすさんだ家庭環境を書くしかありませんね。ユウリのお姉さんも書きたいのですが、何せ日本にいるから登場の機会がない。折をみて、ご登場願いたいと思っています。もちろんその時は、妙に読者の方々の受けがいい五歳年上の従兄《いとこ》（名前すらないというのに、何故《なぜ》こんなに人気があるのでしょう。不思議）にも出ていただきたいです。

今回テーマとなっている一角獣《ユニコーン》ですが、一度書いてみたかった題材であるだけに、その機会に恵まれて嬉《うれ》しかったです。話に出てくる「一角獣狩り」のタピストリーは実在します。シモンが懇切丁寧《こんせつていねい》に説明していますが、そのとおりで、本当に美しいタピストリーなのです。一昨年、遊学していた友人を訪ねてニューヨークに遊びに行ってきましたが、その時にクロイスターズまで足を運ぶことができて、実物を目にすることができました。タピストリーにももちろん感激しましたが、このクロイスターズは、名前のとおり僧院回廊をそのまま移した建物で、マンハッタンの北端のハドソン川を見下ろす一画にひっそりと建っている静かで見ごたえのある美術館です。

タピストリーの話に戻ります。このタピストリーは、二度もフランス王妃の座についたブルターニュ公妃アンヌの結婚式のために製作されたものといわれています。贈ったのは三度目の夫、オルレアンのルイ（即位してルイ十二世）。彼はこのために離婚までしているのです。ローマ・カトリックの力が強かったはずのフランスで国王の離婚が認められたのは、当時のヴァチカンが悪名高きボルジア家に牛耳られていたからでしょう。教皇アレクサンデル六世とチェザレ・ボルジア親子です。代わりにルイ十二世は、チェザレの野望に加担すべくミラノ遠征に赴いている。なんとひたむきな愛だろうと感心していたら、佐《さ》藤賢一《とうけんいち》氏の小説では、ちょっと違う描かれ方をしているようでした。

歴史の解釈は難しいと思います。実は今回、この辺りの歴史にそって話を進めようかとも思ったのですが、調べれば調べるほど複雑で現在の私の手には余ると思ってやめにしました。歴史的事実や当時の思想や習慣を考えたうえで、このタピストリーからどんな心が読み取れるかと期待したのですがねえ、ああ、なんと無能な私。実力が遠く及びませんでした。そんなわけで、せっかく調べたのであとちょっとだけこの話をさせてください。なんか子供が宿題の出来を母親に見せびらかしているみたいで恐縮ですが、ご辛抱あれ。

　ケルトの王国といわれたブルターニュとフランス王家の確執の中で、地理的にも中間的な立場にあったオルレアン家のルイは、アンヌを幼い頃から知っていて味方についたりしているんです。もちろん自分を虐《しいた》げたヴァロア王家に対する反目もあったのでしょうが、そのせいで一時は虜囚の身になったりして、あげくヴァロア王家とアンヌの縁組みを取りまとめる役までさせられています。その後紆《う》余曲折《よきょくせつ》を経て、ようやくフランス国王の地位とアンヌを手に入れた彼が製作させたのが、このタピストリーです。その辺りの複雑な人間関係を考えながらこのタピストリーを見ると、じつに感慨深いものがあります。

　なんとまあ、すっかり歴史の時間になってしまいました。話題を変えましょう。

　イラストは引き続きかわい千草《ちぐさ》先生です。今回はこの時点で挿絵《さしえ》も拝見していますので二巻、三巻と合わせコメントさせていただきます。まず二巻『嘆《なげ》きの肖像画《しょうぞうが》』では、ロビンのアップが美しいという皆様の感想が多かったようです。私もあのロビンはすごく好きでした。悪戯妖精《いたずらようせい》の雰囲気を十二分にたたえた魅力的なロビンを見て、今後も彼には活躍願おうと心に誓いました。あと個人的に好きだったのが、図書館でのユウリとアシュレイの場面です。夕闇《ゆうやみ》の図書館に響くアシュレイの声が聞こえてきそうなカットだったと思います。そして今回の『囚われの一角獣』ですが、これは難しい。どれも甲乙つけがたいほど情感の溢《あふ》れるものばかりで、素晴らしい。強いて言えば、少女がユウリに一角獣《ユニコーン》を探すようにお願いしている場面とラストのサラの願いが成就《じょうじゅ》する場面でしょうか。でも、シンクレアに紹介を請《こ》われる広場のシーンのシモンもさりげなくてとてもかっこいい。私はかわい先生のイラストを見るたびに、シモンってかっこいいよなあとしみじみ思います。それにつけても、早く表紙をカラーで見たいものです。絶品だろうなあ。というわけで、今回もお忙しい中ありがとうございます。次回もどうぞよろしくお願いします。

さて話はまったく変わりますが、私はこの前、生まれて始めて雑誌の取材というのを受けてしまいました。新橋《しんばし》の某ホテルで先方さんと待ち合わせ、名刺などいただいたりして緊張は高まる一方です。極め付きが、「では、早速」という言葉とともにさりげなく私の前に置かれた録音機。赤い光がピコピコ点滅するのをゴキブリでも見るような目で見下ろしてしまって、いやはやその節は大変失礼しました。でもいざ始まったら、インタヴューアーであられたI嬢の気さくでほんわかとした雰囲気に乗せられて、くだらないことまでペラペラしゃべりまくっていたように思います。ご同席くださった雑誌社のT編集長もX文庫のW女史も、あきれ果てていたに違いないと思い起こすにつけ、今さらながら冷や汗を流す私です。雑誌の名前は「活字倶楽部《かつじくらぶ》」という季刊誌で、四月二十五日発売の春号に記事が載るそうです。よろしければぜひお近くの本屋さんへ足を運んでみてください。サラリーマンが山ほども歩いてくる通りに面したホテルの玄関口で、緊張のためにこれ以上ないほどひきつった笑いを浮かべた私の決して自慢にはならない顔写真が楽しめると思います。くれぐれも心霊写真と間違えないでください。

さて、次回は、再びイギリスに戻ってセント・ラファエロを舞台に物語を進めたいと思います。ようやく新学期だ。シモンと部屋がわかれてしまって、ユウリは本当に大丈夫なのでしょうか。まだ書き上げていないのでなんとも言えませんが、万聖節《ばんせいせつ》も近いことだし妖精《ようせい》がでてくるようなファンタスティックな感じにしたいと思っています。

最後になりましたが、この本を手にとって読んでくださったすべての方に心から感謝したいと思います。すでに何度か心温まるお手紙をくださっている方も含め、さまざまな感想をお待ちしております。

そして今回もいろいろとお骨折りくださった担当のW女史にも、改めて感謝します。

では、次回作でお目にかかれることを祈って――――。

鶯《うぐいす》の声に耳を傾けながら

篠原美季《しのはらみき》　拝

「英国妖異譚」シリーズ第3作の『囚われの一角獣』、いかがでしたか？

作者の篠原美季先生に、みなさまのご感想、励ましのお便りをお寄せください。

イラストのかわい千草先生は、新刊コミック『エスペランサ①〜④』（新書館）が発売中です。

応援のお便りをお寄せください。

篠原美季先生へのファンレターのあて先
〒112-8001 東京都文京区音羽2-12-21 講談社 X文庫「篠原美季先生」係
かわい千草先生へのファンレターのあて先
〒112-8001 東京都文京区音羽2-12-21 講談社 X文庫「かわい千草先生」係

N.D.C.913　298p　15cm

篠原美季（しのはら・みき）

講談社X文庫

4月9日生まれ、B型。明治学院大学社会学部社会学科卒。横浜市在住。出かける時は本を2冊は持って出るタイプ（単に優柔不断なのか）。特技はタロット占い。怖がりなのにオカルト大好きで、夜中にしょっちゅう唸っている。

white heart

囚《とら》われの一角獣《ユニコーン》　英国妖異譚《えいこくようい たん》3

篠原美季《しのはらみき》

●

2002年5月1日　第1刷発行
2004年4月8日　第6刷発行
定価はカバーに表示してあります。

発行者——野間佐和子
発行所——株式会社　講談社
東京都文京区音羽2-12-21　〒112-8001
電話　編集部　03-5395-3507
販売部　03-5395-5817
業務部　03-5395-3615
本文印刷—豊国印刷株式会社
製本———株式会社千曲堂
カバー印刷—信毎書籍印刷株式会社
デザイン—山口　馨

ISBN4-06-255613-8

講談社X文庫ホワイトハート・FT&NEO伝奇小説シリーズ

リキッド・ムーン　しのさき麻璃絵
第10回ホワイトハート大賞《佳作》受賞作。（絵・久堂仁希）

英国妖異譚　篠原美季
第8回ホワイトハート大賞《優秀作》！（絵・かわい千草）

嘆きの肖像画 英国妖異譚2　篠原美季
呪《のろ》われた絵画にユウリが使った魔術とは⁉（絵・かわい千草）

囚われの一角獣《ユニコーン》 英国妖異譚3　篠原美季
処女の呪いが残る城。ユウリの前に現れたのは⁉（絵・かわい千草）

終わりなきドルイドの誓約《ゲッシュ》 英国妖異譚4　篠原美季
下級生を脅かす骸骨の幽霊。その正体は⁉（絵・かわい千草）

死者の灯す火 英国妖異譚5　篠原美季
ヒューの幽霊がでるという噂にユウリは⁉（絵・かわい千草）

背信の罪深きアリア 英国妖異譚SPECIAL　篠原美季
待望のユウリ、シモンの出会い編。（絵・かわい千草）

聖夜に流れる血 英国妖異譚6　篠原美季
贈り主不明のプレゼントが死を招く⁉（絵・かわい千草）

とおの眠《ねぶ》りのみなめさめ　紫宮　葵
第7回ホワイトハート大賞《大賞》受賞作！（絵・加藤俊章）

黄金《きん》のしらべ　蜜の音　紫宮　葵
蠱惑の美声に誘われ、少年は禁断の沼に…。（絵・加藤俊章）

傀儡《くぐつ》覚醒　鷹野祐希
第6回ホワイトハート大賞《佳作》受賞作‼（絵・九後　虎）

傀儡喪失　鷹野祐希
すれ違う海生《かいせい》と菜樹《なみき》に、五鬼衆の新たな罠が。（絵・九後　虎）

傀儡迷走　鷹野祐希
亡霊に捕われた菜樹は脱出できるのか⁉（絵・九後　虎）

傀儡自鳴　鷹野祐希
菜樹は宇津保のあるべき姿を模索し始める。（絵・九後　虎）

傀儡解放　鷹野祐希
ノンストップ伝奇ファンタジー、堂々完結！（絵・九後　虎）

FW（フィールドワーカー）猫の棲む島　鷹野祐希
祟り？　呪い？　絶海の孤島のオカルトロマン！（絵・九後奈緒子）

影の眠る街　遠山真夕子
日常が突如、恐怖へ。時と影が織りなすネオ・ホラー‼（絵・上野かおり）

EDGE《エッジ》　とみなが貴和
私には犯人が見える…天才心理捜査官《プロファイラー》登場！（絵・沖本秀子）

EDGE2 〜三月の誘拐者〜　とみなが貴和
天才犯罪心理捜査官が幼女誘拐犯を追う！（絵・沖本秀子）

EDGE3 〜毒の夏〜　とみなが貴和
都会に撒かれる毒。姿の見えない相手に錬摩は⁉（絵・沖本秀子）

講談社X文庫ホワイトハート・FT&NEO伝奇小説シリーズ

オカレスク大帝の夢 女戦士エフェラ&ジリオラ6 ひかわ玲子
ジリオラが、ついにムアール帝国皇帝に即位!? (絵・米田仁士)

天命の邂逅 女戦士エフェラ&ジリオラ7 ひかわ玲子
双子星として生まれた二人に、別離のときが!? (絵・米田仁士)

星の行方 女戦士エフェラ&ジリオラ8 ひかわ玲子
感動のシリーズ完結編! 改題・加筆で登場。 (絵・米田仁士)

グラヴィスの封印 真ハラーマ戦記1 ひかわ玲子
ムアール辺境の地に怪事件が巻き起こる!! (絵・由羅カイリ)

黒銀の月乙女 真ハラーマ戦記2 ひかわ玲子
帝都の祝祭から戻った二人に新たな災厄が!? (絵・由羅カイリ)

漆黒の美神 真ハラーマ戦記3 ひかわ玲子
〈闇〉に取り込まれたルファーンたちに光は!? (絵・由羅カイリ)

青い髪のシリーン 上 ひかわ玲子
狂王に捕らわれたシリーン少年の運命は!? (絵・有栖川るい)

青い髪のシリーン 下 ひかわ玲子
シリーンは、母との再会が果たせるのか!? (絵・有栖川るい)

暁の娘アリエラ 上 ひかわ玲子
"エフェラ&ジリオラ"シリーズ新章突入! (絵・ほたか乱)

暁の娘アリエラ 下 ひかわ玲子
ベレム城にさらわれたアリエラに心境の変化が!? (絵・ほたか乱)

水晶の娘セリセラ 上 ひかわ玲子
ひかわ玲子のライフワーク、久々の新作。 (絵・由羅カイリ)

水晶の娘セリセラ 中 ひかわ玲子
幼い少女の〈力〉で動きだした歴史の行方は!? (絵・由羅カイリ)

人買奇談 椹野《ふしの》道流《みちる》
話題のネオ・オカルト・ノヴェル開幕!! (絵・あかま日砂紀)

泣赤子奇談 椹野道流
姿の見えぬ赤ん坊の泣き声は、何の意味!? (絵・あかま日砂紀)

八咫烏《やたがらす》奇談 椹野道流
黒い鳥の狂い羽ばたく、忌まわしき夜。 (絵・あかま日砂紀)

倫敦《ロンドン》奇談 椹野道流
美代子に請われ、倫敦を訪れた天本と敏生《としき》は!? (絵・あかま日砂紀)

幻月奇談 椹野道流
あの人は死んだ。最後まで私を拒んで。 (絵・あかま日砂紀)

龍泉奇談 椹野道流
伝説の地・遠野でシリーズ最大の敵、登場! (絵・あかま日砂紀)

土蜘蛛奇談 上 椹野道流
少女の夢の中、天本と敏生のたどりつく先は!? (絵・あかま日砂紀)

土蜘蛛奇談 下 椹野道流
安倍晴明は天本なのか。いま彼はどこに!? (絵・あかま日砂紀)

X文庫新人賞原稿大募集！

X文庫出版部では、第12回からホワイトハート大賞を
X文庫新人賞と改称し、広く読者のみなさんから
小説の原稿を募集することになりました。

1 賞の名称をX文庫新人賞とします。活力にあふれた、瑞々しい物語なら、ジャンルを問いません。

2 編集者自らがこれはと思う才能をマンツーマンで育てます。完成度より、発想、アイディア、文体等、ひとつでもキラリと光るものを伸ばします。

3 年に1度の選考を廃し、大賞、佳作などランク付けすることなく、随時出版可能と判断した時点で、どしどしデビューしていただきます。

X文庫はみなさんが育てる文庫です。
プロデビューへの最短路、
X文庫新人賞にご期待ください！

応募の方法は、X文庫の新刊の巻末にあります。